KB263091

사진으로 보는
화성
MHIRS

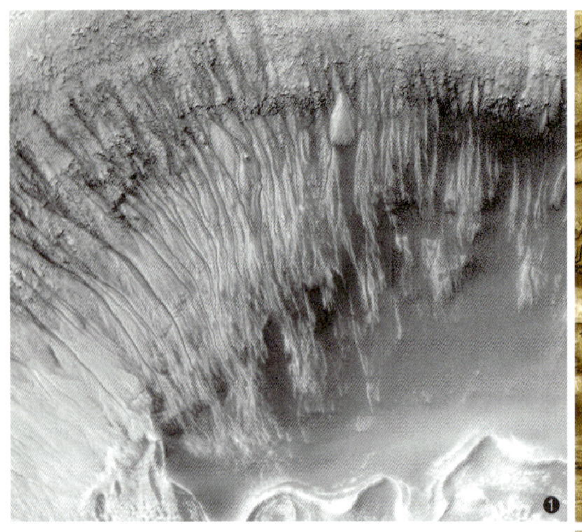

화성에서 발견한
물의 흔적들

물이 존재하지 않는 메마른 화성. 그러나 오래전엔 이곳도 아주 풍부한 물의 행성이었음이 탐사선들과 탐사 로봇들을 통해 속속 드러나고 있다. 곳곳에서 발견되는 홍수와 퇴적의 흔적, 물속에서 생성된 적철광 알갱이들, 물이 흘러내리며 생긴 '걸리'……. 강과 호수, 바다에 담겨 있던 그 많던 물의 행방은 아직 수수께끼로 남아 있다.

❶ 뉴턴 화구 내부의 걸리(물이 마른 협곡)
❷ 마리네리스 계곡 내부의 퇴적암 층
❸ 로웰 화구에 내린 서리
❹ 34억 년 전 살바타나 호수 상상도
❺ 이글 화구의 암석에서 발견된 블루베리(적철광)
❻ 블루베리를 확대한 모습

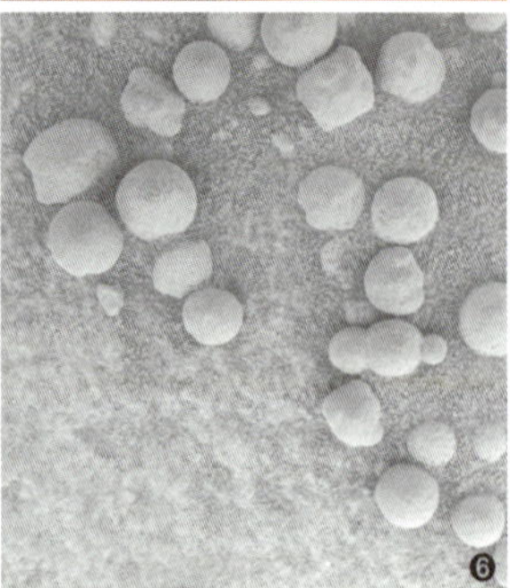

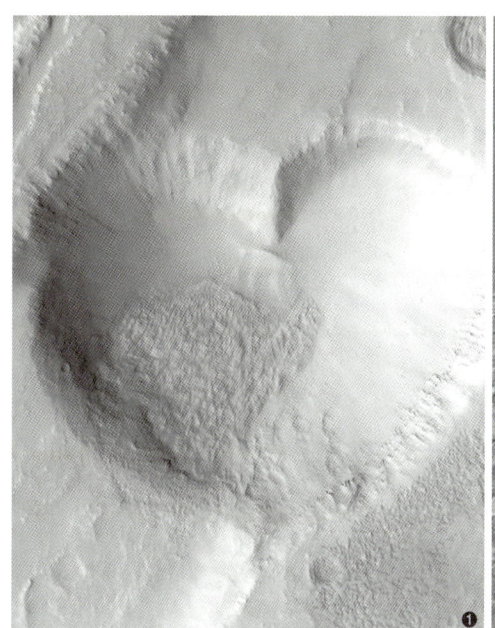

놀라운 화성 풍경

화성 표면의 모래와 암석들이 만들어 낸 기묘한 형상
들은 지구인들로 하여금 멋진 우주 여행을 꿈꾸게 한
다. 화성의 노을은 지구의 낮 하늘처럼 파랗고, 갈레 화
구의 미소와 하트 모양의 화구들은 화성에서 지구로
보내는 친선과 우정의 신호처럼 보인다.

❶ 하트 모양의 화구
❷ '해피 페이스'라 이름 붙은 갈레 화구
❸ 모래와 암석으로 뒤덮인 화성 지표
❹ 화성의 저녁 노을
❺ 모래회오리. 꼬마 유령이 팔을 벌린 듯한
   모습이다.

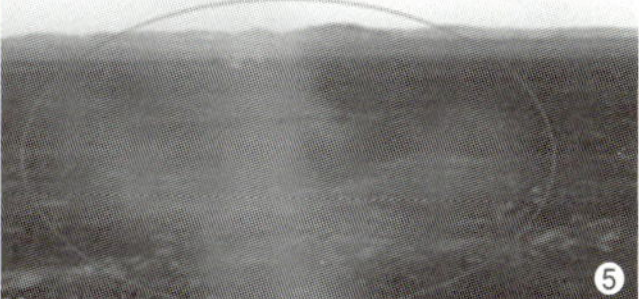

화성을 누빈 탐사 로봇들

인간에 앞서 화성의 붉은 땅을 누빈 건 로봇들이었다. 1997년 〈소저너〉에서 시작된 탐사 로봇들의 활약은 2004년에 착륙한 쌍둥이 로봇 〈스피릿〉과 〈오퍼튜니티〉로 이어졌고, 2008년엔 〈피닉스〉가 그 뒤를 이었다. 2011년엔 나사의 연구 로봇 〈마스 사이언스 래버러토리〉가 발사될 예정.

❶ 피닉스 미국, 2008 착륙
❷ 나사가 개발한 로봇들.
　쌍둥이 로봇 스피릿과 오퍼튜니티(좌),
　소저너(중앙), 마스 사이언스 래버러토리(우)
❸ 테스트 중인 스피릿
❹ 오퍼튜니티 미국, 2004 착륙
❺ 요기(바위)에 가로막힌 소저너
　미국, 1997 착륙

노빈손 미스터리 별* 화성
구출 대작전 2

노빈손 미스터리 별 화성 구출 대작전 2

초판 1쇄 펴냄 2009년 8월 13일 ｜ 초판 6쇄 펴냄 2017년 11월 7일

지은이 박경수
일러스트 이우일
펴낸이 고영은 박미숙

편집이사 인영아 ｜ 뜨인돌기획팀 이준희 박경수 김정우 이가현
뜨인돌어린이기획팀 조연진 임솜이 ｜ 디자인실 김세라 이기희
마케팅팀 오상욱 여인영 ｜ 경영지원팀 김은주 김동희

펴낸곳 뜨인돌출판(주) ｜ 출판등록 1994.10.11.(제406-251002011000185호)
주소 10881 경기도 파주시 회동길 337-9
홈페이지 www.ddstone.com ｜ 노빈손 www.nobinson.com
대표전화 02-337-5252 ｜ 팩스 031-947-5868

ⓒ 2009, 박경수 이우일

'노빈손'은 뜨인돌출판(주)의 등록상표입니다.

ISBN 978-89-5807-265-2 03810
ISBN 978-89-5807-266-9 (전2권)
CIP제어번호 : 2011000042

노빈손 미스터리 별* 화성 구출 대작전 2

박경수 지음 **이우일** 일러스트

뜨인돌

오래전 그 책처럼

1

어렸을 때 읽었던 책들 중에 『화성의 존 카아트』라는 소설이 있었다. 수십 권짜리 어린이 SF 시리즈 중 하나였던 그 책을 나는 꽤나 좋아했던 것 같다.

그 책의 진짜 제목이 『화성의 공주』라는 것, 그리고 그걸 쓴 에드거 R. 버로스가 미국에서 손꼽히는 SF 작가라는 것을 알게 된 건 그로부터 거의 30년이 지나서였다.

하지만 그런 건 별로 중요하지 않다. 내가 사랑했던 건 작가의 명성이나 제목이 아니라 책 속에 담긴 멋진 모험담이었으니까.

이름이나 생김새는 다르지만 이 책에도 화성의 공주가 나온다. 그리고 버로스의 책 얘기도 나온다. 거기엔 그 옛날 나를 설레게 했던 한 작가와 작품에 대한 나름의 경의가 담겨 있다.

2

이 책은 물론 지어낸 이야기다. 하지만 화성 사이도니아 지역을 둘러싼 논란, 운석 연구 결과, 탐사 우주선들의 실종에 얽힌 의문 등은 모두 실제로 있었던 일들이다.

　인류는 아직 화성에 대해 아는 게 너무 적다. 화성이 거북이라면 우리가 보아 온 건 단지 등껍질뿐이었는지도 모른다. 딱딱한 등껍질 속에 웅크리고 있을 그 무엇, 우주 공간 속에 숨어 있을 지구와 화성의 까마득한 옛 이야기들을 상상 속에서나마 재미있게 그려 보고 싶었다.

　지구인과 화성인의 우주 전쟁 얘긴 쓰고 싶지 않았다. 그런 얘기들은 이미 곳곳에 차고 넘친다. 게다가 난 '외계인＝침략자'라는 지구의 상식에도 별로 동의하지 않는다.

　영화 속 지구 방위대의 활약에 환호하기 전에, 같은 지구인들끼리라도 좀 평화롭게 지냈으면 좋겠다.

3

　내가 30년 전의 책을 기억하듯, 이 책 또한 독자들의 기억에 오래 남길 소망한다.

2009년 여름　박경수

등장인물

노빈손

지구인으로서의 자존심을 지키기 위해 화성 공주 하르모니아를 도와 녹색 종족과의 목숨을 건 한판 승부를 벌인다. 어릴 적 읽은 SF 만화가 이렇게 큰 도움이 될 줄이야. 노빈손은 스라모트를 비롯한 모든 이들을 놀라게 하며 화성 구출 작전에 큰 공을 세운다.

스라모트

지구인 말숙이를 비롯하여 화성인들에게 선택받은 우주적으로 인기가 좋은 남자! 우주의 운명을 내다보는 예언가의 손자로, 본인은 모르지만 화성인들에게 뇌파를 보낼 수 있다. 우주 비행사로서 우주 비행에 대한 지식을 뽐내고 싶어 하지만 화성의 뛰어난 우주과학 기술에 놀란다.

은별

그 아버지에 그 딸. 유독 호기심이 많은 고민중 박사를 닮아 은별 또한 문제가 생기면 그 해답을 찾기 위해 고심에 고심을 한다. 노빈손의 자투리 지식과 은별의 정통 고고학 지식이 만나 화성 미스터리를 푸는 데 큰 역할을 한다.

하르모니아

화성 붉은 종족의 왕 데르의 귀한 외동딸로, 녹색 종족의 침입으로 하루아침에 고아가 된 비운의 공주. 죽은 아버지의 뜻을 이어 6만 년 프로젝트를 성공으로 이끌기 위해 노빈손 일행과 함께 화성인을 깨우러 간다. 왕족답게 전용 우주선 피스를 몰고 다닌다.

정찰대장

화성도 모자라 지구까지 노리는 녹색 종족의 정찰대장. 지구에서는 환경이 안 맞아 느릿느릿 움직였지만 우주에서는 완전 날쌘 돌이다. 우주선 추격이면 추격, 총격이면 총격 등 못하는 게 없는 타고난 추격자!

쎄라

화성 컴퓨터의 아바타로 수탉 모습이다. 감기 걸린 사람처럼 킁킁거리는 특이한 습관을 가졌다. 비록 프로그래밍된 대로 명령을 수행하지만 하르모니아를 아끼는 마음이 남다르다.

라로스 함장

스라모트는 상대도 안 될 만큼 엄청난 거구의 사나이. 32만 년 전에 광속으로 다른 별 탐사를 나갔다가 화성으로 돌아온다. 조금도 늙지 않고 32만 년 후의 후손과 미스터리한 조우를 한다.

허튼 박사

화성 외계인을 물리쳐 지구 영웅이 되는 허황된 꿈을 꾸는 나사 국장. 레옹 형제와 노빈손의 놀라운 작전으로 한국과 미국을 넘나들며 생고생을 한다.

예언자

스라모트의 할아버지. 비록 눈은 멀었지만 우주의 운명을 내다보는 놀라운 능력을 가졌다. 애팔래치아 공기 좋은 산자락에서 울라라는 이름의 개와 함께 산다.

차 례

4

화성 우주선 피스

휘이이이이—.

회오리바람에 휘말린 모래들이 하늘 높이 솟구쳐 올랐다. 작은 모래 언덕이 서서히 허물어지며 그 속에 묻혀 있던 물체가 조금씩 모습을 드러내기 시작했다.

여기는 사하라 사막의 동쪽 끝. 하르모니아가 지구에 처음 착륙했던 곳이다. 사막의 회오리야 별로 신기할 게 없는 자연 현상이지만

지금 불고 있는 바람은 그런 게 아니었다. 주인의 접근을 알아차린 인공지능 우주선 '피스'가 베일을 벗고 있는 중이었으니까.

눈앞의 광경을 바라보는 세 사람의 얼굴엔 놀라움이 가득했다. 저렇게 기특할 수가! 주인에게 삽질을 시키지 않고 스스로 모래를 벗겨 내다니!

바람이 잦아들면서 뿌옇던 시야가 차츰 맑아져 왔다. 이윽고 드러난 피스의 모습.

"오!"

멋진 우주선이었다. 만화에 나오는 비행접시보다 약간 길쭉한 유선형의 은빛 몸체! 로켓을 포함한 지구의 우주선들이 대형 트레일러라면 피스는 겨우 경차 정도의 크기였다. 저런 작은 비행체가 수천만 킬로미터의 우주 공간을 자유로이 넘나들다니.

하르모니아가 한 걸음 다가서자 기다렸다는 듯 스르르 문이 열리며 계단이 내려왔다. 6년 동안 주인을 기다려 온 피스의 소리 없는 환영! 하지만 제일 먼저 올라탄 건 머리칼을 휘날리며 달려온 노빈손이었다.

후다닥! 그리고 폴짝!

"아싸! 1등이다."

버스 정류장에서 갈고닦은 노빈손의 놀라운 승차 실력이었다.

"어허! 선내 우주복만 입으라니까."

"싫어요. 다 입을 거예요."

지루한 실랑이가 길게 이어졌다. 우주선 안에서는 가벼운 선내 우주복만 입으면 된다고 스라모트가 아무리 타일러도 노빈손은 막무가내였다. 두껍고 무거운데다 각종 장비들까지 주렁주렁 매달린 선외 우주복을 기어이 입겠다는 것이었다.

"그건 우주선 밖에서 유영할 때만 입는 거란 말야. 무게가 100킬로그램이나 된다고."

"말숙이랑 비슷하네, 뭐. 그 정도쯤이야 가뿐한걸요."

"정말 이상하군. 대체 그걸 왜 지금 입겠다는 거야?"

"폼 나잖아요."

끄응! 스라모트가 고개를 절레절레 흔들자 하르모니아가 빙긋 웃으며 말했다.

"스라모트 말대로 해요. 자꾸 그러면 내려놓고 갈 거예요."

쩝! 주인이라고 텃세 부리는 거야 뭐야. 노빈손이 입맛을 다시며 꼬리를 내렸다. 그러고는 옷가방을 뒤적거리더니 이번엔 또 다른 불평을 늘어놓기 시작했다.

"흰색 없어요? 이소연이 〈소유스 호〉에서 입었던 거. 난 주황색은 잘 안 어울리는데."

"야!"

참다못한 스라모트가 버럭 소리를 질렀다.

"그건 러시아 거였잖아. 미국 선내 우주복

은 원래 주황색이라고. 싫으면 러시아에 가서 사 오든가."

첫, 되게 구박하네. 나라마다 색깔이 다를 줄 누가 알았나? 삐죽거리던 노빈손이 최대한 반항적인 말투로 퉁명스럽게 내뱉었다.

"입으면 될 거 아니에요."

잠시 후, 세 사람의 복장이 산뜻한 선내 우주복 차림으로 바뀌었다. 하르모니아도 아동복처럼 앙증맞은 붉은 우주복을 걸쳤다. 우주선 안팎 겸용이라는 최첨단 화성 우주복! 아니지, 1만 8천 년 전에 입던 거니까 최첨단이 아니고 완전 구닥다리로군.

"쯧쯧. 가끔은 새 옷도 입어 줘야 기분 전환이 되는데."

"……?"

가엾다는 듯 혀를 차는 노빈손을 하르모니아가 어리둥절한 눈으로 바라보았다.

우리에겐 반갑지 않은 동행이 있다

"은별과 빈손에게 주의 사항을 설명해야 할 텐데……. 내가 화성 우주선은 처음이라서……."

실내를 둘러보던 스라모트가 쭈뼛거리며 말했다. 지구의 늠름한 우주 비행사도 낯선 외계의 우주선 안에서는 주눅이 드는 모양이었다. 하지만 하르모니아의 대답은 아주 간단했다.

"신경 쓸 거 별로 없는데? 실내 공기나 기압, 온도는 이대로 유지 되거든요."

"그야 지구의 우주선도 마찬가지고."

"우주로 나가면 무중력 상태가 되니까 조심스럽게 움직여야 해요. 그게 다예요."

"잊었어? 이륙 후엔 가속도 때문에 평소보다 훨씬 강한 압력을 받잖아. 그 얘기도 해 줘야지."

"아뇨, 그렇지 않아요."

아니라니? 스라모트의 눈빛이 갑자기 멍청하게 변했다. 우주선이 이륙해서 속도를 높여 나가면 중력가속도로 인해 온몸이 터질 듯한 압력에 시달린다는 건 상식 중의 상식 아닌가. 그 압력은 가속을 멈추고 비행 궤도에 들어서야 비로소 사라진다는 것도.

〈아폴로 11호〉 승무원들은 달을 향한 마지막 가속 순간에 자그마치 8G(지구 중력가속도의 8배)의 압력을 견뎌야 했다. 고도 350킬로미터인 국제우주정거장으로 가는 〈소유스 호〉에서도 3~4G 정도는 기본이다. 그래서 이소연도 고속으로 회전하는 자이로랩을 타고 5G의 압력을 견디는 훈련을 하지 않았던가.

그런데 그런 게 없다니?

우주선이나 전투기가 급가속(또는 급회전)하면 승무원은 가속 반대 방향(또는 회전 중심의 바깥쪽)으로 강한 힘을 받는다. 가속도의 크기는 G값으로 나타내며, 1G는 지구의 중력가속도(중력에 의해 떨어지는 물체에 붙는 가속도)인 $9.8m/s^2$다. 즉, 1초에 이동 거리가 9.8미터씩 늘어날 때가 바로 1G다. 가속도가 2G일 때 승무원들이 받는 힘은 지구 중력의 2배고 5G일 땐 5배가 된다. 중력이 5배로 강해진 것 같은 무게감과 압력을 느낀다는 뜻.

"피스는 뭐 놀고 있나요? 그런 건 다 알아서 차단해 줘요."

"설마……"

스라모트는 여전히 반신반의하는 얼굴이었다. 화성의 과학 수준이 그 정도일 줄이야! 지구에선 감히 상상도 못할 일인데.

"그럼 이 우주복은 왜 입는 거지?"

은별이 묻자 스라모트의 얼굴이 환해졌다. 옳거니, 드디어 내가 아는 얘기가 나왔다……

"유비무환! 위험에 대비하기 위해서지. 선내 우주복엔 산소 공급 장치가 달려 있고, 앞가슴에 달린 레귤레이터로 온도와 기압, 습도를 조절할 수 있어. 혹시 비행 도중 우주선이 고장 나거나 구멍이 뚫리거나 하면 즉시 헬멧을 쓰고 그 장치들을……"

"피스는 고장 따윈 나지 않아요. 구멍이 뚫리지도 않고요."

하르모니아가 스라모트의 말을 자르며 힘주어 말했다. '메이드 인 화성' 제품에 대한 강한 자부심! 은별이 다시 물었다.

"그런데 넌 왜 우주복을 입었지? 그렇게 안전하다면 안 입어도 될 텐데."

"피스만의 비행이 아니니까요."

"엥? 그럼 다른 우주선이 또 있단 말야?"

어리둥절한 노빈손. 하지만 겨우 0.1초 만에 깨달음이 찾아왔다. 그렇군! 우리에겐 반갑지 않은 동행이 있었어. 그건 바로……

G값은 속력(빠르기)이 아닌 가속도(시간당 속도 변화량)에 의해 결정된다. 이소연 박사는 훈련 과정에서 5G를 30초간 견딘 후 'G 테스트'를 통과했지만 전투기 조종사들은 6G를 30초간 견뎌야만 탑승이 허용된다. 속력은 〈소유스 호〉가 10배나 빠르지만 순간적인 변화는 전투기가 더 심하기 때문. 초음속 전투기인 F16 조종사들은 급회전 때 무려 9G를 견뎌야 한다.

"녹색 종족의 정찰대장!"

"그래요. 그가 쫓아오겠죠. 화성이 가까워지면 졸개들도 마중을 나올 테고."

맞아, 우린 지금 화성에 소풍을 가는 게 아니지. 온갖 위험을 무릅쓰고 하르모니아를 도우러 가는 거야. 어쩌면 녹색 종족에게 포위되어 우주 한가운데서 최후를 맞게 될지도 몰라.

갑자기 주위의 공기가 돌덩이처럼 무겁게 가라앉았다.

"자! 어서 가자고. 그까짓 녹색 무리들이 뭐가 무서워? 배추벌레 무서워서 장 못 담그리?"

"맞아! 우리도 이제 붉은 종족이야. 옷 색깔부터 그렇잖아?"

스라모트와 은별이 개그 콤비처럼 실없는 소릴 주고받으며 분위기를 돋우었다. 하긴, 어차피 갈 건데 미리부터 걱정하거나 주눅이 들 필요는 없지.

찰칵! 안전벨트가 채워졌다. 드디어 피스의 엔진이 불을 뿜으려는 순간, 노빈손이 벌떡 일어나며 황급히 외쳤다.

"잠깐만!"

"또 왜요?"

"깜박했어. 새 옷을 입었으면 매무새를 봐야지. 거울 좀 줘 봐."

맙소사!

은별과 스라모트의 얼굴이 붉은 종족보다

G가 증가할 때 느껴지는 강한 중력은 가속 방향의 반대쪽으로 작용한다. 전투기나 우주선이 급상승하면 중력이 밑으로 작용하는 +G 상태가 되어 피가 다리로 쏠리고, 뇌에 피가 부족해져 심한 현기증을 느끼게 된다. 4G를 넘으면 세상이 흑백으로 보이는 '그레이 아웃(gray out)' 현상이 나타나고, 5G 이상에선 눈앞이 완전히 캄캄해지는 '블랙 아웃(black out)'이 닥칠 수도 있다.

더 벌겋게 달아올랐다.

놀라운 비행

파파팟! 계기판에 파란 불들이 잇달아 들어왔다. 항로 고정! 지구의 중력을 뿌리치고 우주로 나온 피스가 드디어 화성을 향한 본격적인 비행을 시작한다는 뜻이었다.

사방으로 뚫린 창밖 우주 공간엔 별빛이 총총했다. 피스가 아직 지구의 그늘 속에 있기 때문에 태양은 보이지 않았다. 어느 순간엔가 지구 건너편의 태양이 보이기 시작한다면, 바로 그게 우주에서의 해오름이 될 것이었다.

"믿을 수 없군! 어떻게 이런 비행을……."

스라모트가 벌린 입을 좀처럼 다물지 못했다. 모래땅에서 곧장 이륙한 것도 놀라웠지만 정작 놀라운 것들은 따로 있었다.

우주 비행사인 그는 알고 있다. 우주선이 지구의 중력에 붙들리지 않고 우주로 튀어나가려면 어마어마한 속도가 필요하다는 것을. 거기에 못 미치면 곧바로 추락하거나 아니면 인공위성처럼 지구 궤도를 하염없

더 아찔한 '레드 아웃'

전투기나 우주선이 급강하하면 중력이 위쪽으로 향하는 '−G' 상태가 된다. +G와 반대로 이때는 피가 머리로 쏠리게 되며, −3G를 넘으면 눈의 실핏줄이 팽창하여 눈앞이 빨갛게 보이는 '레드 아웃(red out)' 현상이 일어난다. 뇌혈관이 터지거나 시력을 잃을 수도 있으므로 블랙 아웃보다 더 위험하다. 인체는 +G보다 −G에 훨씬 취약하며, −3G 이상은 견딜 수 없다고 한다.

이 맴돌게 된다.

빠른 속도를 내려면 당연히 많은 연료가 필요하다. 지구의 우주선들이 다단계 로켓을 사용하는 건 그런 이유에서다. 다 쓴 연료 로켓은 즉시 분리해서 무게를 줄이고, 잠시 후엔 두 번째 연료 로켓이 떨어져 나가고……. 그렇게 몇 단계의 로켓 분리를 거친 뒤라야 비로소 대기권을 벗어나 우주 공간으로 들어설 수 있는 것이다.

그런데 피스는? 단 한 개의 로켓도 없이 그 모든 걸 해냈다. 대체 이게 어떻게 가능한 거지?

"지구의 중력에서 벗어나려면 최소한 초속 11.2킬로미터, 시속 4만 300킬로미터가 되어야 하는데……."

그러자 하르모니아가 천연덕스럽게 고개를 끄덕였다.

"당연하죠. 그게 지구에서의 탈출 속도니까. 하지만 피스는 훨씬 더 빨라요."

허걱! 노빈손이 놀란 얼굴로 머리를 굴렸다. 시속 4만 300킬로미터면…… 음속의 33배로군. 그럼 내가 자그마치 마하 33보다도 빠르게 날았단 말야?

"대체 무슨 연료를 쓰기에?"

"수소요."

액체 수소는 지구의 우주선에서도 사용하는 연료들 중 하나다. 하지만 그 엄청난 양과 무게를 피스가 어떻게 감당한단 말인

가? 아무리 꽉꽉 눌러 담아도 우주 비행을 하기엔 턱없이 모자랄 텐데. 혹시 적은 양으로 효율을 높이는 특별한 비법이 있는 걸까?

"수소를 가열하면 수소 핵들이 헬륨 핵으로 바뀌면서 에너지가 생기잖아요."

헉! 그건 핵융합 반응이잖아! 태양이 에너지를 내뿜는 원리. 그걸 이용하면 핵분열을 통한 우라늄 원자력보다 효율이 훨씬 높은 엄청난 에너지를 얻을 수 있지.

하지만 수소로 핵융합을 일으키려면 온도를 무려 1억 도까지 끌어 올려야 되는데? 그 뜨거운 물질을 가둬 둘 방법도 마땅찮고…… . 그래서 지구에선 이제 겨우 걸음마 수준인 기술인데 그걸로 우주선을 움직이고 있을 줄이야.

점점 벌어지는 스라모트의 입. 하지만 궁금한 건 아직도 많았다.

"그렇더라도 우주 비행을 하려면 꽤 많은 양이 필요할 텐데…… ."

"비행 중에 얼마든지 구할 수 있는걸요."

"엥? 어디서?"

"우주 공간에서요."

"성간물질! 그럼…… 램제트?"

성간물질은 별과 별 사이의 우주 공간에 떠다니는 물질로 그 대부분은 수소다. 우주선이 성간물질을 흡입해서 에너지로 바꿔 가며 비행하는 방법을 '항성간 램제트'라고 부른다.

하지만 그건 공상과학 만화에서나 가능할 뿐 실제로는 불가능하다는 게 지구인의 상식이다. 성간물질의 밀도는 겨우 지구 대기권의 1억 분의 1에 불과하니까. 그 있으나 마나 한 입자들을 끌어 모아서 우주 비행의 연료로 쓰려면 한반도 크기의 채집망이 필요하다. 그런데 요 장난감 같은 피스에서 램제트가 이루어지고 있다니!

"그럼 옛날 붉은 종족들이 지구로 갈 때도

램제트로?"

"아뇨. 그땐 미리 준비해 둔 연료가 있었어요."

"5천 명을 태운 초대형 우주선인데? 그 많은 수소를 어디서 구했지? 화성엔 수소가 없잖아?"

도둑을 심문하는 형사처럼 큰 소리로 잇달아 묻는 스라모트를 보며 하르모니아가 빙그레 웃었다.

"지난번에 얘기했죠? 화성의 모든 물을 전기분해해서 산소를 만들었다고. 그럼 뭐가 남았을까요?"

아하! 그거였구나. 물을 전기분해해서 생긴 수소. 물은 H_2O니까 산소보다 2배 많은 수소가 생겼겠지. 그걸 연료로 사용했다는 얘기로군.

"램제트는 원래 다른 항성으로의 장거리 비행을 위해 개발된 거였어요. 기나긴 항해를 하는 우주선에게 성간 물질은 최고의 연료이며 마르지 않는 샘이죠. 광속에 가까운 속도를 내려면 거의 무한대의 에너지가 필요하니까요."

"뭐? 광속?"

말도 안 돼! 아무리 날고 기는 외계인이기로서니 설마 광속을 따라잡는다고? 초속 30만 킬로미터나 되는 빛의 속도를?

"옛날에 학교에서 배운 건데, 우주엔 암흑 에너지라는 게 있대요. 우주선 앞쪽 공간의 암흑 에너지를 0 이하로 낮추면 앞쪽 시간과 공간은 쭈그러들고 뒤쪽 시공간은 늘어난다고……. 그래서 우주선이 가만히 있어도 저절로 빛의 속도로 나아간다고 하던데요?"

"그, 그건! 워프?"

워프 드라이브! 공간 이동! 오로지 이론으로만 존재하는 꿈의 우주 항해술! 이건 도대체…….

"지구로 이주한다는 결정이 나기 전엔 조상들이 그 방법으로 새로운 행성을 찾아다녔대요. 10~20광년 정도는 보통이고 멀게는 몇십 광년까지……. 개중엔 얼마나 멀리 갔는지 아예 돌아오지 않은 우주선도 있었대요. 한번 다녀오면 가족들은 훌쩍 늙었거나 이미 죽은 뒤였지만 여행자들은 거의 그대로였다고 하더군요."

빛의 속도에 가까워질수록 시간이 느리게 흐르니 그럴 수밖에! 책에서만 본 거긴 하지만. 아인슈타인이 이 얘길 들으면 춤을 추지 않았을까? 드디어 자기의 이론이 실제로 증명되었다고.

"하지만 피스는 꼬마 우주선이기 때문에 그런 능력은 없어요. 최고 속도가 겨우 초속 3천 킬로미터 정도?"

겨우라니! 이소연이 탔던 〈소유스 호〉의 300배가 넘는 속도인데! 이제 스라모트는 거의 기절하기 일보 직전이었다.

"그럼 화성까진 얼마나 걸리는 거야?"

워프 드라이브는 SF 드라마 「스타 트랙」에서 23세기의 인류가 사용했던 우주 항법. 미국의 물리학자 제럴드 클리버는 '우주 팽창에 관여하는 암흑 에너지를 우주선의 추진력으로 활용하면 빛보다 빠른 워프 드라이브(공간 이동)가 가능하다'고 주장했다. 하르모니아가 설명한 게 바로 그의 이론. 쉽게 말해서, 시간과 공간을 아코디언처럼 늘였다 줄였다 한다는 뜻이다. 아직은 꿈이겠지?

넋을 잃은 스라모트 대신 은별이 물었다.

"지구와 화성의 거리에 따라 달라지죠. 지금은 7천만 킬로미터 정도니까 약 7시간?"

나사의 우주선들이 몇 달씩 힘들게 날아갔던 화성엘 겨우 한나절 만에 도착하다니! 은별 역시 입을 떡 벌리며 말을 잃는 순간, 아까부터 기회를 엿보던 노빈손이 드디어 입을 열었다.

"저…… 질문이 있는데."

"뭐죠?"

"우리 우주 공간에 있는 거 맞지? 여기 지금 무중력 상태지?"

"맞아요."

아싸! 함성과 함께 노빈손이 안전벨트를 재빨리 풀었다. 그러고는 힘껏 발을 구르며 허공으로 두둥실 솟아올랐다.

얼마나 부러웠는지 알아? 우주 비행사들이 둥둥 떠다니는 게. 나도 꼭 한번 해 보고 싶었단 말야……. 하지만 근사하게 폼을 잡기엔 피스의 천장이 너무 낮았다. 아니면 노빈손의 점프력이 너무 좋았거나.

쿵!

"어이쿠!"

우주선을 뚫고 나갈 듯한 초강력 헤딩! 오죽했으면 피스엔 절대 구멍이 뚫리지 않는다고 장담하던 하르모니아마저 걱정스레 천장을 올려다봤을까.

창밖 우주 공간에는 무수한 별들이 빛을 뿌리며 떠 있었다. 그리고 그만큼이나 많은 별들이 번쩍거리며 노빈손의 눈앞을 맴돌았다.

슈우우웃―.

피스가 유성처럼 어둠을 뚫고 나아갔다. 엔진은 진작에 멎었지만 빠르기는 여전히 그대로였다. 공기 저항이 없는 우주 공간에선 첫 속도가 영원한 속도이므로.

쎄라와의 대화

"이제 쎄라를 불러 봐야겠네요."

하르모니아가 계기판의 버튼 하나를 눌렀다. 그러자 우주선 지붕 위로 세 개의 은빛 안테나가 천천히 솟아오르기 시작했다.

그사이 은별은 투구를 머리에 쓰고 거울에 이리저리 비춰 보고 있었다. 아까 노빈손이 우주복 매무새를 살폈던 바로 그 거울. 우주선에 그렇게 큰 거울이 있는 걸로 봐서 하르모니아는 역시 소녀임이 분명했다.

"스라모트. 너도 한번 써 봐."

"그럴까?"

"우아, 멋있다. 꼭 인디언 장군 같은데?"

철딱서니 없이 히히덕거리긴! 우주의 평화를 위해 나선 엄숙한 항해인데…….

천장에 달라붙어 있던 노빈손이 못마땅한 표정을 짓는 순간, 머리에 닭 볏 같은 게 달린 새 한 마리가 화면에 나타났다. 화성 컴퓨터 쎄라의 아바타였다. 이어서 들려오는 껄끄러운 목소리.

"공주! 오랜만입니다. 쿵!"

"안녕, 쎄라."

"쿵! 축하합니다. 투구와 후손을 모두 찾았군요."

아니! 이 사람들은 지구인이야, 라고 말하려다 하르모니아는 입을 다물었다. 기계이긴 하지만 오랜 친구인 쎄라를 실망시키고 싶지 않아서였다. 어쨌든 투구만 있으면 형제들을 깨울 순 있을 테니까.

"그런데 쿵! 저 괴생물체는 뭡니까? 돌연변이처럼 보이는데."

쎄라가 눈길을 천장으로 돌리며 물었다.

누구? 나? 노빈손이 어이가 없다는 듯 쎄라를 노려보았다. 우주 공식 꽃미남인 내게 그런 무엄한 말을 하다니…….

"후손들의 몸종이거나 마당쇠인 모양이군요. 척 보기에도 후손은 아니네. 쿵! 머리가 커서 투구가 아예 들어가질 않겠습니다."

"하르모니아!"

노빈손이 왕초보 스파이더맨처럼 서툴게 바닥으로 내려앉으며 외쳤다.

"대체 저 수탉은 뭐야? 그리고 왜 말끝마다 쿵쿵거려? 축농증 바이러스라도 들어갔나?"

"왜 그런가 하면요, 옛날에 쎄라를 처음 만들었을 때 족장들 중 한 분이 자기 목소리를 쎄라에게 샘플로 제공했어요. 그런데 그 분이 하필 그때 코감기가 심하게 걸려서……."

배탈 난 족장한테 말을 배웠으면 말끝마다 꺽꺽거렸겠군. 괘씸한 수탉 같으니!

"빈손이 이해해요. 쎄라가 원래 장난기가 좀 많아요."

"쿵! 공주 말이 맞습니다. 몇 년 전에도 장난감에게 장난 좀 쳤습니다."

무중력 백과 2
인공위성은 추락 중

인공위성(우주정거장 포함)에 중력이 작용하면 추락하지 않을까? 맞다. 인공위성은 계속 자유낙하(중력에 의한 낙하) 중이다. 속도가 있으므로 그냥 뚝 떨어지지 않고 긴 곡선을 그리며 떨어진다. 그런데 지구는 둥글기 때문에 위성이 추락하는 동안 지구 표면도 조금씩 멀어진다. 위성이 5미터 추락할 때 지표면도 5미터 멀어진다면 결과적으로는 같은 높이가 될 것이다. 이처럼 위성 궤도의 곡률(휘어진 정도)과 지구의 곡률을 일치시켜 주는 게 바로 위성의 속도다.

"그게 무슨 얘기야?"

"웬 우주선이 바퀴 달린 장난감을 토해 놓기에 쿵! 지표면에 작은 진동을 일으켜서 녀석의 앞쪽에 돌덩이 하나를 굴려 놨죠. 쿵쿵!"

"〈소저너〉!"

스라모트가 놀란 얼굴로 외쳤다. 그러고는 투구를 벗으며 쩨라를 노려보았다.

"네 짓이었군. 왜 그랬지? 그 작은 바퀴에 깔리기라도 할까 봐서?"

"쿵! 장난이었다니까."

쩨라가 풀 죽은 표정으로 우물거리자 스라모트가 다그쳤다.

"또 무슨 장난을 쳤지? 숨기지 말고 죄다 말해."

"쿵! 예전에 어떤 분화구에서 꼼지락거리는 장난감에게 슬쩍 겁을 준 적이 있고……."

"탐사 로봇 〈스피릿〉 말이로군. 무슨 짓을 어떻게 했지?"

"쿵! 유령처럼 생긴 모래 먼지 회오리를 일으켰다. 그냥 심심해서 그랬던 거다."

"그럼 그 꼬마 유령이 바로……."

쩨라가 말한 모래 먼지 회오리는 스라모트도 본 적이 있었다. 〈스피릿〉이 2005년에 구세프 분화구에서 그걸 사진으로 찍어 지구로 보냈으니까.

두 팔을 활짝 벌린 유령의 모습을 한 그 회오리는 한동안 네티즌들 사이에서 큰 화젯거리였고, '화성의 꼬마 유령 캐스퍼'라는 깜찍

한 별명을 얻기도 했다. 신기한 자연현상이라며 다들 재미있어했는데 그게 쎄라의 장난이었다니!

사진 속의 귀여운 유령을 떠올리며 스라모트는 자기도 모르게 빙그레 웃었다. 그러자 쎄라가 기분이 좋아졌는지 묻지도 않은 말을 스스로 꺼냈다.

"마저 얘기해 줄까? 쿵! 또 있다."

"뭔데?"

"그 장난감이 유령을 보고도 반응이 없기에 쿵! 몇 번 더 골탕을 먹었다. 방해 전파를 이용해서 회로 작동을 방해했고, 좌표를 착각하게 만들었고, 기억장치를 하루 동안 정지시켰고……."

"야!"

스라모트가 다시 눈을 부릅뜨고 고함을 질렀다. 이 천하의 악당 같은 녀석! 그런 못된 짓들을 저질러 놓고 장난이었다니. 나사의 연구원들이 그것 때문에 얼마나 골머리를 앓았는데…….

금방 웃다가 금방 화를 내는 스라모트를 보며 쎄라가 못마땅한 얼굴로 투덜거렸다.

"변덕스럽긴. 쿵! 그건 약과다. 녹색 종족들은 더 심한 짓도 했다."

그러고 보니 쎄라는 아까부터 슬그머니 말을 놓고 있었다. 하지만 지금은 반말 존

평소 우리 몸엔 중력과 수직항력이 동시에 작용한다. 중력이 끌어당기는 몸을 바닥에서 떠받치는 힘이 바로 수직항력. 평평한 곳에서 중력과 수직항력은 크기가 같고 방향이 반대이다. 몸을 떠받치는 수직항력을 저울로 측정한 게 바로 몸무게다. 즉, 수직항력이 없으면 무게를 느낄 수 없다. 우주정거장엔 중력만 작용하고(추락 중!) 위로 받쳐 주는 수직항력이 존재하지 않으므로 당연히 무게도 못 느낀다.

댓말이 문제가 아니었다. 녹색 종족이 대체 무슨 짓을 했다는 걸까?

"좀 더 자세히 말해 봐."

하르모니아가 재촉했다.

"그놈들은 쿵! 10년 전에……."

"화성의 10년? 아니면 지구의 10년?"

"당연히 쿵! 화성의 10년이지."

그럼 지구 날짜로는 20년 전이로군. 화성의 공전 주기는 지구의 두 배니까. 스라모트가 험상궂은 표정으로 쎄라에게 말했다.

"이봐. 이제부터 지구 날짜로 말해."

"오냐. 쿵!"

후훗! 은별이 슬그머니 웃었다. 이제 보니 쎄라에게는 은근히 익살스런 구석이 있는 듯했다.

"20년 전에 그놈들은 낮고 빠른 달 가까이 접근한 우주선 하나를 박살 냈다. 전함을 출동시켜서 순식간에 가루로 만들어 버렸다."

〈포보스 2호〉! 1989년에 사라진 러시아의 우주선. 그게 녹색 종족들의 짓이었구나. 마지막 사진에 담긴 그림자는 그들의 우주 전함이었고…….

인류의 오랜 의문 중 하나가 드디어 풀리는 순간이었다.

"그뿐이 아니다, 쿵! 10년 전에도 비슷한 짓을 했다. 화성 북극에 착륙하려던 우주선을 공격해서 우주의 먼지로 만들었다."

〈마스 폴라 랜더〉! 1999년의 그 실종 역시 그들 짓이었구나. 나사에서 그토록 눈에 불을 켜고 찾아도 잔해조차 발견할 수 없었던 것도 그런 까닭이었고.

"그런데 하필 왜 그 우주선들이었을까?"

스라모트가 갸웃하며 하르모니아에게 물었다.

"포보스엔 자기네 정찰 기지가 있으니 우주선이 접근하는 게 못마땅했겠죠. 그리고 북극 얼음 밑엔 우리 형제들이 잠들어 있으니 우주선 착륙이 꺼림칙했을 테고."

"그랬군."

결국 인류의 화성 탐사 과정에서 일어난 실패들의 원인은 여러 가지였어. 일부는 녹색 종족의 방해로, 일부는 허튼의 농간으로, 또 일부는 과학적인 한계로……. 마지막 원인은 어쩔 수 없는 거지만 앞의 두 가지는 결코 용서할 수 없어.

스라모트의 눈빛에서 분노가 활활 타올랐다. 침략자들을 눈앞에 둔 인디언 전사처럼.

"아무튼 콩! 빨리 오셔야 합니다. 더 늦으면 냉동 회로가 손상되어 형제분들을 영영 깨울 수 없게 됩니다. 예정된 시간보다 6년이나 더 지났습니다."

"걱정 마. 곧 도착할 거야."

"그럼 콩! 조심하십쇼."

인사를 건네는 쩨라에게 스라모트가 눈을 부라리며 단단히 못을 박았다.

"이봐! 앞으로는 탐사 로봇들에게 쓸데없

는 장난치지 마. 알았어?"

"쿵! 알았다."

비로소 표정을 누그러뜨리던 스라모트가 뭔가 깨달은 듯 다시 발끈하며 물었다.

"야! 근데 너 왜 자꾸 반말이야?"

그러자 아바타가 가소롭다는 듯 눈을 흘기며 말했다.

"난 원래 쿵! 왕족에게만 존댓말 쓴다. 내 나이가 지금 몇 살인데……."

허튼 박사의 수난 (1)

"젠장! 대체 어디에 있다는 거야?"

허튼 박사가 잔뜩 인상을 쓰며 주위를 두리번거렸다. 여기는 서울 강남의 양재역 부근. 옛날에 말죽거리라고 불리던 곳이다.

까말레옹의 연락을 받고 부리나케 한국으로 날아온 그는 공항에 내리자마자 택시를 타고 이리로 달려왔다. 하지만 막상 내리고 보니고 박사나 화성인은 그림자도 보이지 않았다. 넓은 도로와 지하철역 주변으로 자동차와 행인들만 바쁘게 오갈 뿐이었다.

"이것들이 뭘 잘못 안 거 아냐?"

딩동 소리와 함께 문자 메시지가 도착한 건 바로 그때였다.

"빌어먹을! 숭례문은 또 어디야?"

허튼 박사가 택시를 잡기 위해 손을 흔들며 종종걸음을 쳤다.

"헤이! 좀 빨리 갈 수 없소?"

허튼 박사가 초조한 듯 택시 기사를 재촉했다. 하지만 기사는 듣는 둥 마는 둥 콧구멍만 열심히 후벼 대고 있었다. 도로엔 퇴근 무렵의 자동차 행렬이 길게 늘어서 있었고, 경적 소리가 곳곳에서 들려왔다.

"나 지금 엄청 바쁘단 말이오."

"그럼 내려서 뛰어가시던가요."

"거기가 어딘 줄 알고 뛰어가? 외국인인데."

"그럼 그냥 타고 계시던가요."

끙! 신음을 내뱉는 허튼 박사의 눈에 손가락으로 브이(V) 자를 만들며 걸어오는 뻥튀기 장수의 모습이 보였다.

차라리 지하철을 타고 갈걸! 뒤늦게 후회하는 허튼.

택시가 숭례문 근처에 도착했을 때는 어느새 저녁 8시가 되어 있었다.

무중력 백과 5

지구랑 멀어지면 무중력?

"우주정거장이 무중력인 건 지구 중력이 못 미칠 만큼 멀리 있기 때문"이라는 말은 맞을까? 당연히 엉터리다. 우주정거장이 있는 지상 350킬로미터엔 지구 표면의 90퍼센트 정도의 중력이 작용한다. 사람이 둥둥 떠다니는 건 자유 낙하 때문이며, 지구로부터의 거리는 아무 상관이 없다. 만일 지상 10미터에서 빠른 속도로 지구를 도는 우주선이 있다면 그 내부도 당연히 무중력(무중량) 상태가 된다.

삐익! 삐이익!

요란한 호각 소리가 밤공기를 뒤흔들었다. 숭례문의 가림막 앞을 서성거리던 허튼 박사가 흠칫하며 고개를 돌렸다. 제복을 입은 경찰관 네댓 명이 다급히 뛰어오고 있었다.

"당신, 왜 여기서 기웃거리는 거요?"

"아, 그게…… 누굴 좀 찾으려고……."

"누굴?"

화성인을 찾으러 왔다는 말을 어떻게 해? 그랬다간 미친 사람 취급할 텐데.

"친구를 좀……."

"돌았소? 여기에 무슨 친구가 있다고 그래?"

끙! 어차피 미친 사람 되는 건 마찬가지였군.

"아무래도 수상해. 혹시 불 지르러 온 거 아니오?"

"불이라니?"

"이거 몇 년 전에 불에 홀랑 타서 다시 짓고 있단 말이오. 가림막 쳐 놓은 거 안 보여요? 국보 1호가 잿더미가 됐다고 온 국민이 엉엉 울었잖소. 근데 수상한 외국인이 기웃거리고 있으니 우리가 의심 안 하게 됐수?"

"하지만 난 그냥……."

"시끄러워요. 시민들의 신고가 들어와서 출동한 거니까 일단 경찰
서로 갑시다."

10분 뒤. 허튼 박사는 남대문 경찰서의 조사실 걸상에 앉아 있었
다. 책상에선 게을러 보이는 형사 한 사람이 하품을 해 대며 이것저
것 묻는 중이었다.

허튼 박사가 직업이나 입국 목적을 함부로 밝힐 수 없어 횡설수설

하자, 형사는 짜증을 잔뜩 부리더니 대충 이런 내용의 보고서 한 장을 작성했다.

미국에서 온 나사 공장 직원이 자꾸 허튼 소리를 함.

아무래도 지능이 좀 모자라 보임.

앞으로 숭례문 근처엔 얼씬도 하지 말라고 잘 타일러서 내보냈음.

휘이이이이 ─.

경찰서를 나서는 허튼 박사에게 새벽바람이 차갑게 휘감겼다.

내가 이게 무슨 꼴이람. 흑…….

그 시각, 레옹 형제는 열심히 새로운 문자 메시지를 찍고 있었다. 우주 괴수 마르슉이 일러 주는 대로. 더 정확히 말하면, 노빈손이 떠나기 전에 미리 정해 놓은 대로.

허튼 박사가 헤매고 다녀야 할 곳은 아직도 열두 군데나 더 남아 있었다.

태양계 속 개구리

"궁금한 게 있어."

"뭔데요?"

"지난번에 그랬지? 녹색 종족이 화성에 오기 전에 여러 행성들을 박살 냈다고. 그 애긴, 지구와 화성 말고도 생명체가 살고 있는 행성들이 많다는 뜻인가?"

스라모트는 아주 진지하게 물었지만 하르모니아의 표정은 달랐다. 뭐 그런 당연한 질문이 다 있느냐는 듯 심드렁한 얼굴이었다.

"많다마다요."

"얼마나 되는데?"

"글쎄요. 화성의 모래알만큼? 아니면 구름 속의 물방울만큼?"

그러자 액자를 붙잡고 벽에 매달려 있던 노빈손이 냉큼 끼어들었다.

"에이, 설마! 한두 개라면 몰라도."

"한두 개요? 이제 보니 아주 짠돌이네요."

"그럼 서너 개? 아니, 대여섯 개?"

엄청 후하게 인심을 썼다는 듯 의기양양한 목소리로 말하는 노빈손. 그러나 하르모니아는 피식 웃었다.

"빈손, 산수 잘해요?"

수학이 아니라 산수? 대한민국의 우수한 대학생인 나 노빈손을 뭘로 보고! 산수 같은 건 코흘리개들이나 하는 거지. 아참, 말숙이도 하는구나.

"우리의 태양계에 문명을 지닌 행성이 몇

우주정거장의 무중력 상태를 설명할 때 흔히 '중력과 원심력의 평형' 이라거나 '중력과 원심력의 알짜힘(합력)이 0' 이라는 표현을 쓴다. 그러나 원심력(관성력)은 물체가 가속하거나 방향을 바꿀 때 느껴지는 효과일 뿐 실제로 작용하는 힘이 아니다. 그래서 '가짜 힘(겉보기 힘)' 이라 부르며 알짜힘에 포함되지 않는다. 우주정거장에 작용하는 힘은 단 하나, 중력뿐이며 무중력(무중량) 상태는 중력에 의한 자유 낙하에서 비롯된다는 걸 꼭 기억해 두자.

개죠?"

"두 개지. 지구랑 화성."

"태양계 한 개마다 두 개의 행성에 문명이 있다고 가정하면 우주엔 그런 행성이 몇 개나 될까요? 참고로, 우주엔 은하계가 1천억 개 있고, 은하계 하나마다 1천억 개의 항성이 있고, 항성 10개 중 1개는 행성들을 거느린 태양이에요. 자, 계산해 봐요."

으으! 그걸 어떻게 암산으로 풀어? 그건 인간의 숫자가 아닌데……. 빛의 속도를 자랑하는 노빈손의 두뇌로도 선뜻 계산하기 힘든, 말 그대로 천문학적인 숫자였다.

"물론 우주 전역에 태양계와 같은 비율로 문명이 존재하진 않겠죠. 하지만 그 계산 결과를 1억 분의 1, 아니 100억 분의 1로 낮춰 잡아도 마찬가지예요. 우주에 구름 속 물방울만큼이나 많은 문명이 있다는 건."

"……."

그럼 난 도대체 뭐야? 그 많은 물방울들 중 하나인 지구에서, 다시 지구의 물방울들 중 하나인 한 명의 인간에 불과한 거네? 아! 정말 허무하고 초라한 인생이로고…….

"우린 결국 우물 안 개구리에 불과했었군."

스라모트가 시무룩하니 말하자 쎄라가 기

다렸다는 듯 말꼬리를 붙들었다.

"아니다, 쿵! 태양계 속 개구리다."

어차피 개구리네 뭐. 스라모트가 쓰게 웃으며 다시 물었다.

"그건 그렇고, 녹색 종족들은 지금 어디에 있지? 왜 지구 우주선들의 카메라에 잡히지 않는 거야?"

"그들은 여러 대의 우주 전함에 나누어 타고 새로운 정착지를 찾아 은하계를 떠돌고 있어요. 화성엔 포보스의 정찰대만 남겨 둔 상태죠. 우리의 생명공학을 호시탐탐 노리면서."

그들 역시 워프 항법으로 우주를 주름잡으며 쏘다니고 있겠지. 어쩌면 어떤 불운한 행성 하나가 이미 그들의 손아귀에 들어갔을지도 모르고. 결국 지구를 위해서라도 붉은 종족의 생명공학 기술은 반드시 지켜야겠군. 그게 저들 손에 들어가면 훗날 지구가 위태로워질 테니…….

곰곰이 생각에 잠겨 있던 스라모트가 문득 이상한 기척을 느끼고 고개를 돌렸다. 노빈손이 허공에 둥실 떠서 가부좌를 튼 채 조용히 눈을 감고 있었다.

"빈손, 지금 뭐 하는 건가?"

그러자 노빈손이 합장한 자세로 엄숙하게 대답했다.

"도 닦는 중이오."

"……?"

세계적인 우주과학자 칼 세이건은 1990년에 태양계 탐사 우주선 〈보이저 1호〉가 64억 킬로미터 밖에서 찍어 보낸 지구 사진을 보고 『창백한 푸른 점』이라는 책에 이렇게 적었다. "우주 공간에 외로이 떠 있는 한 점을 보라. 우리는 여기 있다. 모든 인류가 이 햇빛 속에 떠도는 티끌과 같은 작은 천체에 살았던 것이다." 그는 또한 "이 끝없는 우주에 우리만 존재한다면 지나친 공간 낭비"라는 유명한 말도 남겼다.

"아아! 물방울이면 어떠랴! 물처럼 유유히 흘러가면 그만인 것
을……."

호호! 도사님 한 분 납시었네. 공중부양까지 아주 제대로인걸? 킥
킥대는 스라모트.

바로 그때, 요란한 경보음이 울리며 계기판 스크린에 낯선 물체
하나가 떠올랐다.

쏜살처럼 우주 공간을 가로지르며 다가오는 잿빛 비행체!

쿠쿠쿠쿵— .

어느새 바짝 쫓아온 정찰대장의 전투정이었다.

태양은 우리 편이다!

"높여! 속도를 더 높이라고."

"안 돼요! 지금도 최고 속도예요."

하르모니아가 창백한 얼굴로 외쳤다. 시간이 지날수록 상대와의
거리는 멀어지기는커녕 오히려 점점 더 좁혀지고 있었다.

엄청난 속도로 쫓고 쫓기는 추격전! 그러나 우주 공간은 호수처럼
고요했다. 소리를 전달하는 공기가 전혀 없는 탓이었다. 빛이 산란
되지 않는 드넓은 진공 속에서 수많은 별들이 깜박임 없이 빛나고
있었다.

츠츠츠츳! 기우뚱!

갑자기 피스가 가파른 각도로 몸을 뒤틀었다. 동시에 가느다란 빛 줄기 하나가 아슬아슬하게 피스를 비껴 지나갔다.

우주 공간을 직선으로 꿰뚫으며 멀어져 가는 그 명주실 같은 빛줄기는 정찰대장의 전투정에서 발사한 레이저 빔이었다. 영화 속 우주 전투 장면과는 달리 실제 우주에선 레이저의 눈부신 광채 따윈 존재하지 않았다.

슛! 슈우웃!

공격은 끊임없이 계속되었다. 그때마다 피스는 곡예비행을 하는 전투기처럼 이리저리 몸을 뒤집으며 가까스로 공격을 피해냈다. 안전띠를 매고 있는 네 사람의 몸이 폭풍 속의 갈대처럼 휘청휘청 사방으로 뒤틀렸다. 무중력의 공간에도 관성은 엄연히 존재하니까.

"쏴! 우리도 공격해야 할 거 아냐."

"아껴야 돼요. 피스는 전투정이 아니라서 발사 간격이 길어요. 한 번 쏘면 10분이 지나야 재충전이 된다고요. 섣불리 쐈다가 빗나가기라도 하면 그땐 끝장이에요."

스라모트의 고함과 하르모니아의 울음 섞인 대답이 잇달아 터져 나왔다.

엎친 데 덮친 격으로 피스의 레이더가 화성 쪽에서 두 대의 전투정이 다가오고 있음을 포착했다. 포보스의 기지에서 피스를 협

공하기 위해 출동한 전투정들이었다.

"으음, 최악이로군."

스라모트가 신음을 흘리는 순간, 정찰대장이 쏜 두 줄기의 레이저 빔이 피스의 위아래를 동시에 공격했고, 그중 하나가 지붕 위쪽을 강타했다.

쾅! 우르르르—.

극심한 충격과 진동이 피스를 뒤흔들었다.

"으아앗!"

혼비백산한 노빈손이 비명을 지르며 머리를 싸매고 고개를 파묻었다.

결국 이렇게 최후를 맞는구나! 이 쓸쓸한 우주에서. 돌 맞은 개구리처럼. 흑흑, 말숙아……!

그래도 마지막까지 눈을 뜨고 있어야지. 별빛 하나까지 죄다 기억 속에 새길 테야. 고개를 삐죽 들고 창밖 이곳저곳을 힐끔거리던 노빈손의 눈썹이 여덟팔(八) 자로 찌푸려졌다.

윽, 눈부셔! 이게 웬 빛? 그러고 보니 실내가 훨씬 환해졌는걸? 이 빛은 바로…….

태양이었다. 저만치 뒤쪽, 아스라이 보이는 지구의 둥근 지평선 위로 어느새 태양이 훤히 드러나 있었던 것이다.

사방의 모든 별을 깡그리 압도하는 크기와 밝기! 새까만 우주 공간에서 유난히 밝게 빛나는 태양을 보니 왠지 눈물이 날 것 같았다. 반가워서……라기보다는 빛이 너무나 강해서였다. 공기라는 완충

물질이 없는 우주 공간에서의 강렬한 태양빛! 황급히 눈길을 돌렸지만 새하얀 동그라미 같은 게 한동안 눈앞에 어른거렸다.

특수 코팅이 되어 있는 우주선 안에서도 이 정도라니! 우주 비행사들은 절대 해를 똑바로 쳐다보면 안 되겠군. 잠깐 눈이 어두워진 사이에 다른 우주선이랑 접촉 사고라도 나면…….

황당무계한 상상을 하며 눈을 끔벅거리던 노빈손의 뇌리에 뭔가가 스쳐 간 건 바로 그 순간이었다.

파파파팟!

그러고는 개구리처럼 폴짝 뛰어오르며 외친 한마디.

"기수를 돌려! 태양 쪽으로! 다들 선글라스, 아니 고글 쓰고!"

우우우웅― .

피스가 크게 원을 그리며 방향을 틀었다. 태양을 비스듬히 등지고 가다가 거꾸로 태양을 정면으로 마주보며 날아가기 시작한 것이다. 정찰대장의 전투정 역시 재빨리 곡선을 그리며 피스를 쫓아왔다.

"빈손! 어쩌려는 건가?"

스라모트가 초조한 듯 물었다. 하지만 노빈손은 오직 피스에게 지시를 내리는 데만 골몰했다.

"좌표를 파악해! 태양과 우리와 정찰대장이 정확히 일직선이 되도록 해."

태양과 별들이 빛나는데도 우주 공간은 왜 깜깜할까? 빛을 산란시키는 물질, 즉 공기가 없어서다. 지구의 대낮이 환한 건 공기 중에서 산란된 태양빛이 우리 눈에 들어오기 때문이며, 진공인 우주 공간은 빛이 직접 닿는 곳을 제외하곤 모두 까맣게 보인다. 〈아폴로 11호〉의 달 착륙 사진에서 햇빛이 닿는 달 표면, 우주선, 사람은 밝게 보이는데 하늘은 까맣게 보이는 것도 달에 공기가 없기 때문.

피스가 명령을 좇아 빠른 속도로 허공을 가로질렀다.

잠시 후, 두 대의 우주선이 태양과 일직선 위에 놓이자, 노빈손이 즉시 다음 지시를 내렸다.

"이대로 1분간 비행한 뒤 기습적으로 방향을 틀어. 그런 다음 즉시 레이저를 발사해. 오케이?"

"하지만 피스에겐 오직 한 번의 기회밖에⋯⋯."

하르모니아가 걱정스레 말했지만 노빈손은 들은 척 만 척이었다.

어쩔 수 없지. 빈손을 믿어 보는 수밖에⋯⋯. 입술을 깨물며 고개를 끄덕이는 하르모니아. 이제 네 사람의 운명은 오로지 노빈손의 손에 달려 있는 셈이었다.

1분 뒤.

피스가 재빨리 방향을 틀어 일직선에서 멀리 벗어났다. 그러고는 곧바로 회심의 일격!

슈우웃! 그리고⋯⋯ 콰앙!

그게 끝이었다.

진공인 우주에선 파괴된 전투정의 불꽃마저도 보이지 않았다.

잠시 후, 다시 화성을 향해 날아가는 피스 옆으로 저만치 두 대의 비행체가 허겁지겁 스쳐 지나갔다. 우두머리를 구조하러 가는 정찰대장의 졸개들이었다.

화성인은 햇빛에 약하다

화성에 도달하는 태양 에너지의 양은 지구의 43퍼센트. 지구에선 공기층이 햇빛의 일부를 차단하지만, 그래도 가시광선(눈에 보이는 광선)의 70퍼센트가 지표면에 닿으므로 화성보다는 훨씬 밝다. 화성인은 당연히 지구인보다 빛에 약하고, 눈부심도 많이 느낄 것이다. 화성엔 자외선을 차단하는 오존층이 없으니까 자외선엔 더 강하겠지만, 그건 가시광선이 아니므로 눈부심과는 상관없다.

"아무리 봐도 자넨 천재일세."

"그러게. 어떻게 그런 상황만 되면 머리가 핑글핑글 돌아가지?"

어흠! 이 정도는 기본이라니까 그러네……. 노빈손이 으쓱거리며 둥실 솟았다. 그러고는 다시 가부좌를 틀고 도사 흉내를 내기 시작했다.

"자고로, 모든 생물들은 나고 자란 환경에 맞게 적응하는 법! 정찰 대장은 지구보다 태양빛을 훨씬 적게 받는 화성 출신이기 때문에 눈이 빛에 약할 수밖에 없소이다."

"그래서 일부러 태양을 마주보게 했던 거로군."

"그렇소. 지구에서도 태양을 잠깐만 쳐다보고 나면 눈앞에 잔상이 어른거리는데 우주 공간에선 오죽하겠소? 정찰대장은 우리보다 훨씬 더 심할 테고."

"게다가 잠깐도 아니었지. 우릴 추적하는 동안 계속 태양을 응시해야 했으니."

"피스가 방향을 틀었을 때 그는 반사적으로 피스를 따라 눈길을 돌렸을 거요. 그 순간 눈앞이 하얘지면서 갑자기 태양이 여러 개로 늘어난 것 같은 혼란에 빠졌겠지. 피스는 증발이라도 한 것처럼 시야에서 사라져 버렸을 테고."

"그래서 그렇게 우물쭈물하다가 당했구나. 난 왜 저러나 했지."

"나도 정말 뜻밖이었어요. 그 베테랑 전사가 그렇게 맥없이 당할 줄이야."

은별과 하르모니아가 앞다퉈 감탄을 내뱉었다.

"결국 태양도 우리 편이었던 거로군."

스라모트의 의미심장한 한마디에 모두들 고개를 끄덕이며 뿌듯한 표정을 지었다.

"그런데, 아까 한 방 맞은 건 괜찮은 거야?"

노빈손이 묻는 순간, 쿵 소리와 함께 쎄라

의 아바타가 스크린에 나타났다.

"공주! 안테나 한 개가 부러졌습니다. 내 갈비뼈가 부러진 것처럼 가슴이 쿵! 아픕니다."

다행이로군! 지붕이 부서지지 않아서…….

안도하던 노빈손은 갑자기 뭔가가 몹시 먹고 싶어졌다.

닭갈비였다.

순조로운 비행이 한동안 계속되었다. 한 가지 아쉬운 건, 별들로 총총하던 창밖이 온통 암흑으로 변했다는 점이었다. 실내를 환히 비추는 태양빛 때문에 동공이 수축되어, 태양보다 덜 밝은 별빛은 전혀 보이질 않았던 것이다.

"쳇! 이래서야 우주여행의 낭만이 없지."

노빈손이 투덜대자, 피스가 즉시 해결책을 마련했다. 햇빛이 쏟아져 들어오는 쪽의 창문들을 두터운 차단막으로 막아 버린 것이다.

어둑해진 실내에서 조금씩 확대되는 동공.

잠시 후, 창밖으로 빛나는 별들이 다시 보이기 시작했다.

눈먼 예언자의 회상

"너도 느끼는 게냐? 긴 세월의 무게를. 왠지 시무룩한 것 같구나."

노인의 야윈 손이 개의 등을 조용히 쓰다듬었다. 애팔래치아 산맥의 드센 산바람이 오두막 주위의 나무들을 부러뜨릴 듯 흔들어 대고 있었다.

"들어 볼 테냐? 저 까마득한 기다림의 사연을."

산꼭대기 위로 흐릿한 달무리가 지기 시작했다.

……그는 예언자였다. 그의 아비도, 또 그 아비의 아비도. 먼 옛날 작은 사람들이 하늘에서 내려온 뒤로 1만 5천 년 동안, 그 혈통은 투구와 더불어 끈질기게 이어져서 그에게까지 왔느니. 얼어붙은 해협을 건너 새로운 대륙으로 올 때도 그의 조상들은 투구만은 놓치지 않았더니라.

3천 년 전, 그는 알았다. 위태롭게 이어지던 별과 별 사이의 끈이 머지않아 끊어진다는 걸. 투구들은 홍수와 전쟁과 지진의 소용돌이 속에 어디론가 사라지게 된다는 걸. 그리고 3천 년이 지나야만 비로소 한 가닥 희망이 다시 움트게 된다는 걸.

그래서 적었노라. 점토판 위에 제 핏줄과 조상들의 내력을. 헛된 글이 아님을 증명하기 위해 당시엔 아무도 알지 못했던 먼 하늘의 그림까지 그려 넣었더니라.

그리고 애리조나 주 어느 계곡의 바위에

지구의 하늘 색깔

하얀 태양빛 속엔 빨주노초파남보 7가지 색깔들이 섞여 있다. 그 빛들이 골고루 산란되면 지구의 낮 하늘은 태양과 똑같이 하얗게 보일 것이다. 하지만 낮엔 파장이 짧은 푸른빛이 붉은빛보다 3배 많이 산란되고, 그게 우리 눈에 들어와서 하늘이 파랗게 보인다. 해질녘엔 햇빛이 대기층을 통과하는 시간이 길어지면서 푸른빛은 허공에서 대부분 산란되어 흩어지고, 파장이 긴 붉은빛만 지표면에 닿으므로 노을이 붉게 보인다.

고향을 새긴 다음 그 아래 고이 묻었지. 그 점토판은 훗날 고향과 인연이 깊은 이에게 발견되어 희망의 싹이 될 것이었지만 그가 아는 건 다만 거기까지였느니, 그다음 일은 알지 못했노라.

그는 곧 눈을 감았고, 투구는 다시 후손들에게로 조용히 이어졌느니.

그의 예언대로 투구들은 하나둘 사라져 갔다. 2천 년 전, 마지막 남은 두 개의 투구들 중 하나가 아시아의 초원을 거쳐 동쪽으로 갔지. 활 잘 쏘는 어느 동방의 청년이 호랑이를 닮은 반도 북쪽에 나라를 세울 때, 투구의 주인은 몸을 던져 그를 도왔더니라.

그 나라는 차츰 부강해져 대륙을 호령하는 대국이 되었고, 투구도 핏줄을 따라 계속 이어졌노라. 그리고 1천500년 전, 용맹스런 왕과 함께 싸움터를 누비던 장군이 있었으니 그가 바로 투구를 마지막으로 물려받은 비운의 후손이었더니라.

그는 혼인은 했으되 자녀를 두지 못한 채 그만 병이 들고 말았지. 죽음을 눈앞에 둔 어느 날 눈물을 흘리며 투구를 뒷산 바위 밑에 묻었고, 그 옛날 애리조나 주의 예언자처럼 바위에 고향을 새겼지. 젊은 날 왕을 도와 제 손으로 새로이 넓혔던 영토! 아리수 북쪽의 큰 고을에.

그의 아내는 남편을 여의고 나서 유복자를 낳았느니. 아들은 제 핏줄의 사연을 알지 못했고, 그렇게 해서 그 투구마저 영영 주인을 잃었더니라.

휘이이이—.

다시 바람이 휘몰아쳤다. 웅크리고 있던 개가 꼬리를 치켜들며 컹컹 짖었다.

"허허! 왜 짖는 게냐? 괜찮다. 그냥 바람소리일 뿐이니."

개를 쓰다듬는 노인의 손에 깊은 주름이 그물처럼 파여 있었다.

…… 다시 예언자의 후손들 얘기로 돌아가 볼까?

천 년 전, 투구를 물려받은 후손이 뜻밖의 예언을 남겼지. 세상에 마지막으로 남은 그 투구를 스스로 벗어야 한다는 것이었느니.

투구 끝의 붉은 돌을 뽑아 목에 걸고 그는 이렇게 말했더니라. 먼 훗날 이 돌을 다시 투구에 꽂을 때가 올 거라고, 그때까지 조용히 기다려야 한다고, 그것이 오랜 기다림을 끝내는 단 하나의 길이라고.

그러고는 홀로 애리조나 주를 떠나 동쪽으로 천리길을 걸어 애팔래치아 산맥으로 갔으니, 그것 또한 예정된 운명이었노라. 이후 애리조나 주에 남은 그의 후손들과 애팔래치아에서 터를 잡은 그의 후손들은 제각기 용맹스런 인디언 부족이 되었더니라.

다시 천 년이 흘렀지. 목걸이를 물려받은 후손은 어느 새벽, 제 핏줄의 역사에서 마지막이 될 예언을 했노라. 이제 때가 왔다고! 머지않아 두 개의 달, 포보스와 데이모스를 섬기는 두 개의 종족이 차례로 하늘에서 내려온다고.

그는 또한 알았노라. 붉은 돌을 투구에 다시 꽂을 날이 오고 있음을. 그리하여 마지막 순간, 눈부신 섬광과 함께 모든 게 비로소 끝나고 새로운 날이 열릴 것임을……. 자기가 마지막 예언자임을 알았기에, 자식들에겐 핏줄이나 투구에 대해 아무런 귀띔도 하지 않았더니라.

예언자들은 모두 눈먼 자들이었지.

아득한 옛날부터 그랬으니, 나이 서른이 되면 육신의 눈을 잃고 영적인 눈을 뜨는 게 그들 핏줄에 흐르는 오랜 숙명이었더니라.

내가 이 오랜 이야기들을 어떻게 알고 있느냐고?

내가 바로 그 핏줄의 후손이며, 마지막 예언자이기 때문이지.

아무것도 몰랐던 내 아들은 눈이 먼 뒤 한동안 방황하다가 이 산에 뼈를 묻었다. 그리고 하나뿐인 손자는 소년 시절을 산에서 보낸 뒤 도시로 떠났지. 너도 기억하지 않느냐? 함께 이 산맥을 바람처럼 누비고 다녔으니.

아아! 그 아이를 생각하면 가슴이 미어지지만 어쩌겠느냐? 내게 내 운명이 있듯이 그에게도 제 운명이 있을 터인데. 핏줄의 내력도 모르면서 핏줄에 이끌리는 운명이!

날씨가 추워지는구나.

이제 그만 들어가자, 울라.

아! 붉은 별이 보인다

“저기 우리의 별이 보이네요.”

“앗! 정말?”

세 사람이 후다닥 창가에 달라붙어 바깥을 내다보았다.

별들이 흰 점처럼 박혀 있는 어두운 우주의 저쪽, 붉은 점 하나가 조그맣게 보였다. 장장 7천만 킬로미터에 이르는 까마득한 공간을 가로질러, 마침내 화성이 눈앞에 다가온 것이다.

쩝! 저렇게 팥알처럼 작아서야 제대로 볼 수가 있나…….

노빈손이 입맛을 다시자 눈치 빠른 하르모니아가 즉시 피스에게 지시를 내렸다.

“피스, 좀 더 크게 보여 줘.”

고성능 망원 렌즈가 팥알 크기의 화성을 농구공 크기로 끌어당겨 스크린에 띄웠다. 오렌지 빛을 띤 화성의 신비로운 모습! 거뭇한 얼룩들이 곳곳에 보였고, 남북극을 뒤덮은 희끗한 얼음 극관들도 또렷이 눈에 들어왔다.

“앗! 위험해.”

노빈손이 다급히 외치며 후다닥 몸을 웅크렸다. 왜 저래, 갑자기? 의아해하는 일행들.

“안 보여? 우릴 정통으로 겨누고 있잖아. 뭐야, 저게? 대포인가?”

노빈손이 가리킨 건 화성의 중간쯤에 있는 네 개의 검은 구멍들이었다. 따로 떨어진 것 하나, 그리고 오목처럼 일렬로 늘어선 것 세 개. 구멍들 주위엔 하얀 연기 같은 게 흐르고 있었다.

"헉! 대포에서 연기까지? 벌써 포탄을 발사했나 봐. 으으……."

"풋! 저건……."

하르모니아가 웃음을 참으며 말했다.

"대포가 아니라 산이에요. 연기가 아니라 산꼭대기에 걸린 구름이고."

"엥? 저게?"

산이 얼마나 높기에 저렇게 선명하게 보여? 겨우 농구공만 한 행성에서……. 어리둥절한 노빈손에게 스라모트가 우주 비행사의 남다른 지식을 뽐내기 시작했다.

"왼쪽에 보이는 건 올림푸스 화산일세. 높이가 무려 2만 7천 미터나 되는, 태양계에서 제일 높은 산이지. 오른쪽에 일렬로 늘어선 건 타르시스 고원의 화산들이고."

2만 7천 미터면 에베레스트의 세 배가 넘네. 진짜 높긴 엄청 높구나……. 노빈손이 혀를 내두르며 화면을 다시 들여다보았다. 하늘을 겨냥하고 있는 대포 구멍 같은 분화구! 슬며시 엉뚱한 걱정 하나가 노빈손을 사로잡았다.

"화산이 폭발하면 어떡하지? 여기까지 용

암이 치솟는 거 아냐?”

크으! 정말 걱정도 팔자라더니.

스라모트와 하르모니아의 얼굴이 동시에 잔뜩 일그러졌다. 왜냐하면, 올림푸스 화산은 이미 10억 년 전에 활동을 멈춘 '죽은 화산'이었으므로.

“어디로 갈 거지? 형제들이 잠자고 있는 곳으로?”

스라모트가 물었다.

"일단 투구를 가지고 쎄라에게 가야 해요. 그래야 쎄라가 냉동 해제 프로그램을 작동시킬 수 있거든요. 그다음에 북극으로 가야죠."

"그럼 올림푸스 화산의 분화구 속으로 들어가는 거야?"

"아뇨, 긴 계곡을 통해서요. 거기에서 올림푸스 지하 기지로 이어지는 비밀 통로가 있어요."

"긴 계곡이라면…… 마리네리스 계곡?"

마리네리스! 화성의 적도를 동서로 가로지르는 4천500킬로미터의 계곡. 지구 최대인 그랜드캐니언의 10배가 넘는 거대한 계곡이다. 길이가 화성 둘레의 5분의 1이나 되는 마리네리스에겐 계곡보다는 '화성의 틈새'라는 말이 더 어울린다. 그 옛날 신이 심술을 부려 화성 한복판을 쭉 찢어 버렸던 걸까?

"형제들을 깨운 뒤엔 어떻게 할 거지?"

"모르겠어요. 그들과 상의해 봐야죠."

"지구로 그들을 태우고 갈 우주선은?"

"없어요. 원래 후손들이 준비해 와야 하는 건데 투구만 왔으니."

그 옛날 지구로 갔던 그 우주선이라도 있었더라면……. 하지만 그건 적도의 바다 밑 어딘가에 가라앉아 버렸겠지. 지금 있는 우주선이라곤 달랑 피스뿐인데. 5천 명을 실어 나르려면 대체 지구를 몇 번 왕복해야

척추를 잡아당기던 중력이 사라지면 키가 4~5센티미터 커진다. 다리가 날씬해지고 키도 커지면 좋지 않냐고? 모르는 소리! 지구에서처럼 단단하게 버틸 이유가 없어진 뼈에서 칼슘이 솔솔 빠져나가 약골이 되고 만다. 우주정거장에서 오래 있다가 지구로 돌아오면 뼈와 근육이 약해져서 제대로 서 있기도 힘들다고 한다. 우주인들이 지구에서보다 더 열심히 운동을 하는 이유는 바로 이 때문.

되는 거야?

"아무튼 지금은 형제들을 깨우는 게 우선이에요. 그다음엔……
뭔가 방법이 생기겠죠."

하르모니아가 애써 담담한 얼굴로 말했다. 하지만 하얗게 말라 버
린 입술이 초조한 마음을 고스란히 드러내고 있었다.

지구인 세 사람이 안쓰러운 눈으로 화성의 공주를 바라보았다.

아름다운 우주 반딧불이

"빈손! 어때요? 이제 맨눈으로도 잘 보이죠?"

"그렇군. 땅이 붉어서 그런가? 왠지 더워 보이는걸?"

노빈손의 말에 스라모트가 기가 막히다는 표정을 지었다. 1년 평
균 기온이 영하 60도인 차가운 행성인데 더워 보이다니!

"더울 리가 있나요. 그래도 마리네리스 계곡은 적도 근처라서 좀
낮죠. 낮엔 20도 넘게 올라갈 때도 있으니까. 하지만 해가 지고 나
면 금방 영하 60도로 떨어질 거예요."

으으! 적도인데도 지구의 남극만큼 춥다니. 그럼 화성의 극지는
대체 얼마나 춥다는 거야?

"계곡에선 피스를 타고 갈 거니까 기온은 상관없어요. 하지만 북
극에선 우주선 밖으로 나가야 할 텐데, 거긴 겨울엔 영하 130도까지

내려가요."

헉! 그 추운 델 나가야 한다고? 갑자기 노빈손의 몸이 부르르 떨리며 오싹한 한기가 찾아왔다. 뒤이어 아랫배에 뿌듯한 압력이 느껴지기 시작했다.

"저, 하르모니아. 나 지금……."

"왜요?"

"히힛. 쉬 마려운데."

풋! 입을 가리며 웃는 하르모니아 옆에서 스라모트가 역시 웃으며 말했다.

"무중력 상태에선 원래 소변이 자주 마려운 법이지. 중력에서 풀려난 피와 체액들이 얼굴 쪽으로 평소보다 많이 몰리고. 그러면 우리의 뇌는 몸 전체의 체액이 늘어난 걸로 인식하고 그걸 자꾸 몸 밖으로 내보내려 하거든."

"그럼 얼굴이 퉁퉁 붓겠네요?"

"당연하지. 거울 한번 보게. 지구에선 고구마 같았는데 지금은 감자로군."

그런 모함을! 노빈손이 발끈하며 사뿐히 거울 앞으로 날아갔다. 그러고는 나직한 신음.

"으으! 누구냐, 넌!"

울퉁불퉁한 뚱딴지(돼지감자)가 거울 속에서 자길 바라보고 있다. 잔뜩 부어오른 눈

무중력의 고통 3
탈수와 우주 멀미

스라모트의 말대로 무중력(무중량) 상태에선 체액이 늘어났다고 오해한 뇌가 그걸 내보내라는 신호를 자꾸 보낸다. 즉, 오줌이 자주 마렵다. 그로 인해 10퍼센트 정도의 체액이 배출되기 때문에 우주인들은 계속 탈수 현상에 시달린다. 게다가 지구에선 중력이 '아래쪽'에서 작용하지만 우주에선 위아래 구분이 없기 때문에 방향 감각이 사라져 심한 '우주 멀미'를 앓는 경우가 많다.

자위, 그리고 푸석한 얼굴. 가뜩이나 흐리멍덩한 얼굴 윤곽이 더 심하게 무너져 있었다.

"으음!"

안타까운 듯 거울을 들여다보던 노빈손이 몸을 돌리며 나직이 중얼거렸다.

"무중력 상태에선 거울도 일그러지는 게야. 틀림없어."

그러고는 흐느적거리며 화장실 쪽으로 천천히 사라져 갔다.

몸이 공중에 뜨지 않도록 벨트로 고정한 채, 노빈손은 길게 소변을 보았다. 위잉―. 오줌이 변기 속으로 꼬르륵 빨려 들어갔다.

잠시 후, 화장실에서 돌아온 노빈손의 눈에 창가에서 환호성을 지르고 있는 일행의 모습이 보였다.

"와! 너무 예쁘다."

"우주 반딧불이다, 우주 반딧불이!"

뭔데 그래? 창밖을 내다보던 노빈손의 눈과 입이 떡 벌어졌다. 보석처럼 영롱한 작은 구슬들이 어둠 속에서 황홀하게 반짝거리고 있었던 것이다.

일곱 가지 색깔로 빛나며 우주 공간을 떠다니는 아름다운 결정체!

그건 다름 아닌 노빈손의 오줌 방울들이었다.

멸종해 버린 우주 반딧불이

1962년, 미국 최초의 우주인 존 글렌은 우주 비행 중 창밖에서 보석처럼 빛나며 떠다니는 작은 물체들을 발견한다. 후배 우주인들도 여러 번 목격한 그 '우주 반딧불이'의 정체는 훗날 오줌 방울로 밝혀졌다. 우주선 밖으로 배출되어 방울방울 흩어진 오줌들이 순식간에 얼어붙어 보석처럼 반짝였던 것. 요즘엔 오줌을 우주선 밖으로 버리지 않으므로 이런 멋진 구경은 할 수 없다.

잠시 후.

피스의 속도가 조금씩 느려지는 순간, 하르모니아가 두 팔을 활짝 벌리며 큰 소리로 말했다.

"지구인 여러분! 화성에 오신 것을 환영합니다."

고오오오—.

드디어 피스가 화성의 성긴 대기권 속으로 들어섰다.

우주에서의 속도는 지구의 그것과는 차원이 다르다. 속도를 방해하는 중력, 땅과의 마찰, 공기 저항 등이 존재하지 않기 때문. 시속 300킬로미터로 달리는 KTX 기차나 시속 1천 킬로미터로 날아가는 비행기도 우주에선 굼벵이에 불과할 뿐이다.

인공위성은 어느 정도의 속도로 지구 주위를 돌고 있을까? 우주선은 얼마나 빠르기에 지구 중력에서 벗어나 우주로 나아갈 수 있을까? 이걸 알려면 우선 '우주속도'의 의미를 제대로 이해해야 한다.

| 제1우주속도 |

초속 7.9킬로미터면 야구공도 인공위성

여러분이 투수처럼 야구공을 힘껏 던졌다고 치자. 아무리 세게 던져도 공은 중력 때문에 금방 땅으로 떨어질 것이다. 하지만 슈퍼맨 노빈손이 나타나 초속 7.9킬로미터로 던지면 공은 추락하지 않고 계속 날아가며 지구 주위를 빙빙 돌게 된다. 즉, 야구공이 인공위성이 된다.

초속 7.9킬로미터는 지구 표면 근처에서 물체가 원운동을 하는 데 필요한 최소 속도다. 중력에 의해 낙하하는 거리와 지표면이 휘어지며 멀어지는 거리가 같아지는 속도, 그래서 자유 낙하를 하면서도 계속 같은 높이를 유지할 수 있는 속도, 이걸 '제1우주속도'라 부른다.

초속 11.2킬로미터면 야구공도 우주선

노빈손이 야구공 속도를 조금 더 높이면 어떻게 될까? 야구공은 지구를 벗어날 듯 멀리 가다가 다시 중력에 붙들려 되돌아온다. 즉, 원이 아닌 길쭉한 타원 궤도로 지구를 돌게 된다.

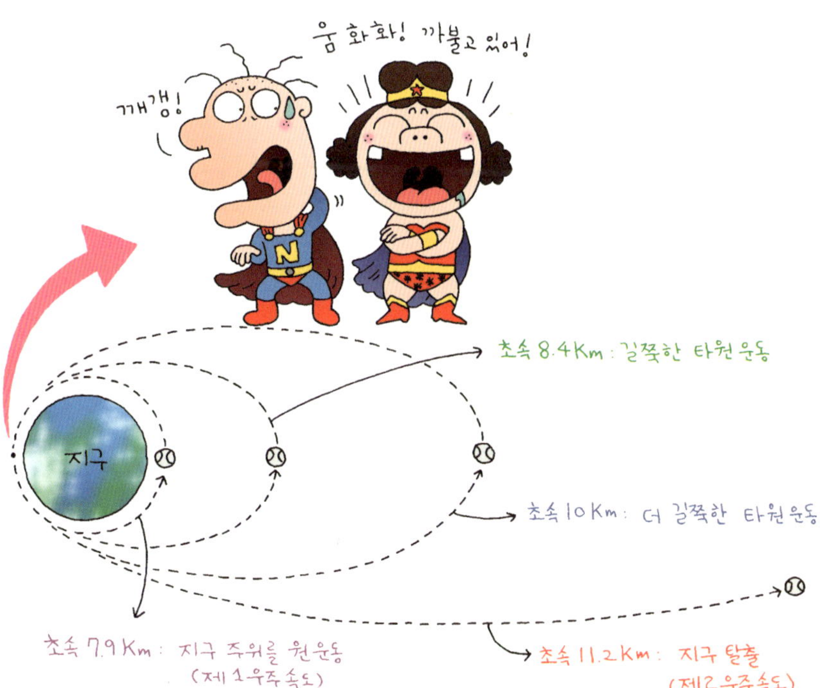

이때 원더우먼 말숙이가 나타나 무시무시한 속도로 공을 던진다. 무려 초속 11.2킬로미터! 그러면 야구공이 더 이상 지구 주위를 돌지 않고 우주 공간으로 튀어 나가 버린다. 야구공을 우주선으로 바꾸는 말숙이의 괴력!

이처럼 지구 표면에서 물체가 중력을 뿌리치고 우주 공간으로 나가는 데 필요한 최소 속도인 초속 11.2킬로미터를 '제2우주속도' 또는 '지구 탈출속도'라고 한다.

모든 천체들은 질량과 크기, 중력에 따라 저마다 다른 탈출속도를 갖고 있다. 태양계 왕초인 태양으로부터의 탈출속도는 초속 약 618킬로미터. 지구보다 작고 중력도 약한 화성 탈출속도는 초속 약 5킬로미터 정도다.

잊지 말아야 할 것은 제1, 제2우주속도 모두 지구 표면에서 움직이는 물체를 기준으로 하고 있다는 점이다(공기의 저항은 무시). 이걸 깜박하면 다음과 같이 아주 엉뚱한 생각에 빠지게 된다.

모든 인공위성은 초속 7.9킬로미터?

"모든 인공위성들은 제1우주속도인 초속 7.9킬로미터로 지구 주위를 돌고 있다. 속도를 늦추면 추락한다."

바로 이게 엉뚱한 생각의 대표적인 예다. 인터넷에 널리 퍼져 있는 얘기고 심지어는 몇몇 책에도 그렇게 나와 있다. 얼핏 보면 맞는 얘기 같

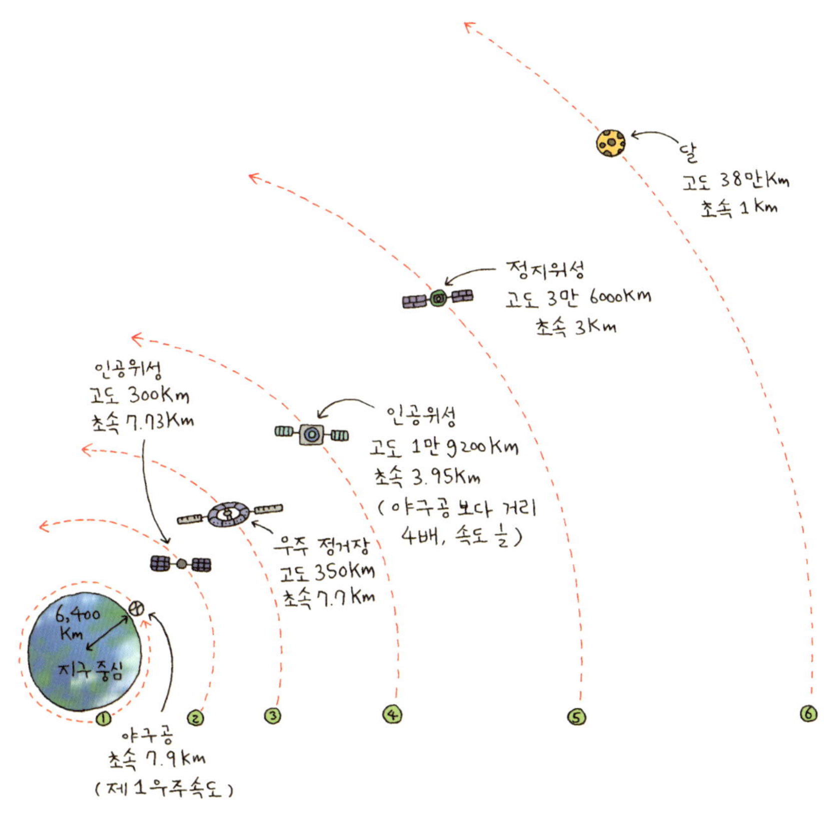

지만, 천만의 말씀이다.

제1우주속도는 중력이 제일 강한 지표면에서 필요한 속도다. 고도가 높아질수록 중력이 약해지므로 원운동을 하는 데 필요한 속도 역시 줄어든다. 제1우주속도보다 느리게 움직인다고 무조건 추락하는 게 아니라는 얘기다.

지구로부터, 정확히 말해 지구 중심으로부터 거리가 4배 멀어지면 원운동에 필요한 속도는 절반으로 줄어든다. 거리가 9배 멀어지면 원운동 속도는 3분의 1이 되고, 16배 멀어지면 4분의 1이 된다.

그럼 64배 멀어지면? 당연히 8분의 1이다. 지구의 위성인 달이 그쯤 떨어진 곳에서 그쯤 되는 속도로 지구 주위를 빙글빙글 돌고 있다. 인공위성이건 자연위성이건 적용되는 과학 법칙은 당연히 똑같다.

앞의 그림을 보면 높이에 따른 인공위성의 속도·변화를 한눈에 알 수 있다. 혹시 누가 낮에 "모든 인공위성은 초속 7.9킬로미터"라고 우기면 위 그림을 보여주면 된다. 만일 밤에 우긴다면? 즉시 데리고 나가서 달구경을 시켜 주면 된다. 겨우 초속 1킬로미터인데도 한 번도 추락한 적이 없는 기특한 달을!

지구 탈출속도는 무조건 초속 11.2킬로미터?

"우주선이 지구를 벗어나려면 반드시 초속 11.2킬로미터 이상의 속도가 필요하다!"

이 말은 90퍼센트쯤 맞지만 딱 한 단어 때문에 모범 문장이 되지 못한다. '반드시'라는 표현이 바로 그것. 이 역시 지구 표면을 기준으로 한 제2우주속도를 건성으로 이해해서 생긴 문제점이다.

제1, 제2 우주속도는 모두 지구 중력의 크기와 밀접한 관련이 있다. 지구와 멀어질수록 위성의 원운동에 필요한 속도가 느려진다면, 그 위치에서 지구 탈출에 필요한 속도 역시 느려지는 게 당연하다. 그 변화 비율은 위성 속도의 변화 비율과 똑같다. (거리 4배일 때 속도 2분의 1)

가령 노빈손의 우주선이 〈소유스 호〉와 비슷한 초속 7.7킬로미터로 고도 350킬로미터까지 간다고 하자. 그후 약간 가속하여 더 높은 궤도로 올라가고, 이걸 몇 차례 반복해서 정지위성 고도까지 올라갔다면? 그곳의 탈출속도는 초속 4.3킬로미터 정도이므로 노빈손은 11.2킬로미터보다 훨씬 느린 속도로도 지구를 탈출할 수 있게 된다.

물론 이건 아주 바보짓이다. 낮은 곳에서 빠르게 탈출 속도에 도달하는 것보다 훨씬 많은 연료가 소비될 테니까. 하지만 '지구 탈출속도는 어디서든 무조건 초속 11.2킬로미터'라고 생각하는 것 역시 별로 똑똑한 생각이라고는 할 수 없다.

초속 42킬로미터면 태양계 탈출

지구는 태양의 중력에 붙들린 채 초속 30킬로미터의 속도로 태양 주위를 돌고 있다. 만일 지구에 엔진이 있어서 속도를 높일 수 있다면 어느 정도까지 가속해야 태양을 벗어날 수 있을까? 태양 탈출속도인 초속 618킬로미터?

그게 아니라는 걸 이제는 여러분도 알 것이다. 그건 단지 태양 표면에서 필요한 속도이며, 태양과 멀리 떨어진 지구의 위치에선 훨씬 느린 속도로도 태양 탈출이 가능하다는 것을! 그 속도는 초속 42킬로미터 정도다. 이를 가리켜 제3우주속도라 부른다. 지구에서 그 속도로 야구공을 던질 수만 있다면 야구공도 태양계 밖 여행이 가능하다.

쪽-쪽-
ㅎ

올림푸스의 지하 기지

콰아아아 —.

마른 공기를 뒤흔들며 피스가 빠른 속도로 서쪽으로 나아갔다. 여기는 화성의 틈새 마리네리스 계곡. 이 계곡이 끝나는 곳에 타르시스 고원이 있고, 그 너머에 쎄라의 아지트인 올림푸스 화산이 있다.

"우아! 여기가 정말 계곡이 맞긴 맞는 거야?"

노빈손이 놀란 눈으로 주위를 둘러보았다. 폭이 100킬로미터가 넘기 때문에 맞은편 벽은 아예 보이지도 않았고, 바닥까지의 깊이도 까마득했다. 평균 깊이만 해도 8킬로미터, 제일 깊은 곳은 10킬로미터가 훌쩍 넘는다. 이 메마른 행성에서 한때는 이런 어마어마한 계곡으로 물이 콸콸 흘렀을 줄이야!

피스는 녹색 정찰대의 눈길을 피하기 위해 한쪽 벽으로 바싹 붙은 채 날아갔다. 벽면엔 물이 흐르면서 생긴 브이(V) 자 모양의 홈들이 깊게 패어 있었다.

계곡의 중간쯤에 이르자 다른 골짜기들과 연결된 갈림길이 나왔다. 그곳을 지나 마리네리스 계곡의 서쪽 끝에 다다르자 동굴처럼 생긴 긴 통로가 드러났고, 고원 지대의 지하를 꿰뚫은 그 통로의 끝에 피스가 스르르 멈춰 섰다.

드드드득—.

거대한 네모꼴의 바위들이 자동문처럼 열리면서 축구장처럼 넓은 원형의 공간이 나타났다.

붉은 종족의 모든 것이 디지털 정보로 응축되어 있는 곳!

집채 같은 컴퓨터들이 아파트 단지처럼 빽빽하게 들어선 화성의 대뇌!

올림푸스 화산의 지하 기지였다.

"오셨군요, 쿵!"

덩치 큰 새가 날개를 활짝 벌리며 피스에서 내리는 일행을 맞았다. 홀로그램으로 실물처럼 재현된 쎄라의 입체 아바타였다.

문은 저절로 열리지 않는다

"공주, 쿵! 급합니다. 냉동 회로에 이상이 생기기 전에 어서……."

쎄라가 옆에 놓인 원통 모양의 기계를 날개로 가리켰다. 기계 위 30센티미터 허공에 공 하나가 둥실 떠 있었다. 기계와 공 사이에 자력이 흘러 공을 허공에 띄워 놓은 듯했다.

야릇한 건 그 공의 모양새였다. 유리처럼 투명한 공 안에 삼각뿔 모양의 정사면체 피라미드가 들어 있었던 것이다. 그것도 똑바로 선게 아니라 거꾸로 뒤집힌 채로.

"쎄라, 이게 뭐지?"

"냉동 해제 장치입니다. 쿵! 기계 앞쪽의 홈에 투구를 꽂으십시오."

"아, 여기에?"

하르모니아가 둥글게 팬 홈에 투구를 힘껏 꽂았다. 순간, 윙 소리와 함께 은은한 진동이 일어나면서 공이 회전하기 시작했다.

빙글! 빙그르! 핑그르르르!

"우아! 신기하다."

"투구가 작동 버튼이었던 거로군."

"꼭 여의주 같다. 그치?"

지구인 세 사람이 저마다 한마디씩 하느라 주위가 소란스러워졌다. 그러자 쎄라의 아바타가 조용히 하라는 듯 날개를 퍼드득거리며 홰를 쳤다. 흐흐흐! 꼬끼오 하고 목청만 길게 뽑으면 영락없는 수탉일 텐데…….

"이제 쿵! 두 시간이 지나면 형제분들의 냉동이 완전히 풀립니다."

"그다음엔 어떻게 하지?"

하르모니아가 우울한 낯으로 물었다. 우주선도 없이 형제들을 맞아야 하는 상황이 새삼 막막하게 느껴지는 모양이었다. 어차피 화성에 더는 머무르고 싶어도 머물 수

로켓, 발사체, 우주발사체

로켓은 연료를 내뿜는 반작용으로 비행하는 추진 장치이며, 각도 조정 장치를 내부에 갖춘 로켓을 '발사체'라고 부른다. 요즘 로켓들은 다 똑똑하므로 '로켓=발사체'로 여겨도 된다. 로켓 꼭대기의 탑재부에 인공위성이나 탐사선처럼 우주로 나가는 물체를 싣고 있을 경우엔 '우주발사체'라고 한다. 만약 폭탄을 실으면 무시무시한 미사일이 된다.

없는 형제들인데…….

"그건 쿵! 나도 모릅니다."

쎄라가 꽁지 빠진 수탉처럼 우울하게 대답하더니 별안간 고개를 번쩍 들며 걱정스레 말했다.

"아무튼 쿵! 조심하십시오. 방해꾼들이 있을지도 모릅니다."

"포보스의 정찰대 말야?"

하긴, 정찰대장이 당했으니 졸개들이 약이 바짝 올랐겠지. 그러나 쎄라는 고개를 저었다.

"쿵! 그들이 문제가 아닙니다."

"그럼?"

"몇 시간 전에 포보스 기지에서 우주 전역으로 쿵! 긴급 전파를 쏘아 보냈습니다. 녹색 종족의 우주 전함들을 향해서요."

헉! 우주 전함이라니. 정찰대장의 작은 전투정 한 대에도 그렇게 쩔쩔맸는데.

"몇 광년 너머에 있는 전함들은 걱정할 게 없습니다. 어차피 쿵! 전파가 가는 데만 몇 년이 걸리니까요. 하지만 가까운 곳이라면 얘기가 다릅니다. 워프 항법으로 날아오면 100억 킬로미터도 겨우 한 시간 거리입니다."

전파의 속도는 곧 빛의 속도! 그러므로 지금쯤은 수백억 킬로미터 밖에서도 그 전파를 수신했을 것이다. 그리고 얼마 후엔 그 전함이 화성에 도착할 것이다. 어쩌면 더 가까이에 있던 전함들이 이미 태양계 안으로 들어섰을지도 모른다.

"지금으로선 쿵! 놈들이 빨리 도착하지 않길 바라는 수밖에 없습니다. 일단 북극으로……."

"가서 어떻게 해야 되지?"

"북극점에서 붉은빛이 뿜어져 나오면 쿵! 투구를 쓰고 뇌파로 암호를 대야 합니다. 그러면 출구가 열리고, 투구는 서서히 빛을 잃게 됩니다."

"암호라니?"

"후손들의 암호 말입니다."

"난 그런 건 모르는데?"

하르모니아가 울상을 짓자 아바타가 뚱한 얼굴로 말했다.

"공주는 쿵! 당연히 모르겠죠. 하지만 후손은 알고 있을 겁니다."

아아! 쎄라는 여전히 오해하고 있구나. 이 사람들 중에 붉은 종족의 후손이 있다고……. 하르모니아의 가슴이 태산에 짓눌린 것처럼 답답해져 왔다.

어쩔 수 없지. 이제 와서 사실을 말해 봐야 뾰족한 수도 없는걸. 한숨을 내쉬던 하르모니아의 눈길이 문득 노빈손을 향했다.

—빈손! 좀 알아내 봐요. 당신은 우리의 해결사잖아요.

귓속으로 파고드는 나직한 목소리. 하지만 여느 때 같았으면 우쭐했을 그 말도 지금은 엄청난 부담일 뿐이었다. 내가 무슨

로켓의 크기는 용도에 따라 달라진다. 장거리 미사일 로켓은 15~20미터 정도고, 〈소유스 호〉를 우주정거장까지 싣고 간 로켓은 탑재부를 제외하고도 35미터나 됐다. 1969년에 〈아폴로 11호〉를 지구 밖으로 데려다 준 '새턴 5' 로켓의 길이는 무려 111미터! 그럼 무게는 얼마나 됐을까? 텅 비었을 때는 약 300톤, 연료를 가득 채웠을 때는 자그마치 3천 톤에 가까웠다.

점쟁이야? 밑도 끝도 없이 무작정 암호를 알아내라니!

음, 어떡하지?

기나긴 5초 동안의 궁리 끝에 노빈손이 꺼낸 비장의 카드는 이런 것이었다.

"이봐, 우주 치킨."

"……?"

"힌트 좀 줘."

큭큭큭!

은별과 스라모트가 동시에 웃음을 터뜨렸고 하르모니아도 빙그레 웃었다.

참 독특한 사람이야. 이 심각한 상황에서도 남들을 웃게 만들다니…….

갑작스럽게 바뀐 분위기에 얼떨떨해하던 아바타가 잠시 눈을 끔벅거리다가 난처한 얼굴로 말했다.

"나도 모른다. 큭! 단어랑 숫자로 이루어진 암호라는 것밖에는."

옳거니! 걸려들었다.

"에이, 알면서. 자, 착하지? 첫 글자가 뭐야?"

"모른다니까!"

버럭하는 쎄라. 하지만 그것만으로도 일행에겐 큰 수확이었다.

네 사람이 서둘러 피스에 올랐다. 그들이 기지를 떠나고 문이 닫히자마자 쎄라의 아바타가 꺼진 듯 사라졌고, 기지 안엔 다시 무거운 정적이 감돌았다.

허튼 박사의 수난 (2)

"그게 정말이오? 다시 전파가 잡혔다는

로켓 연료의 종류

로켓이 연료를 태우려면 산소가 필요하다. 비행기의 제트 엔진은 비행 도중 산소를 계속 빨아들이지만 우주엔 산소가 없기 때문에, 로켓 엔진은 연료와 산소(산화제)를 함께 실어야 한다. 우주선의 연료는 고체 연료(연료와 산소를 고체 형태로 혼합), 액체 연료(액체 수소+액체 산소), 하이브리드 연료(고체 연료+액체 산소)로 나뉘며 장거리 우주 비행엔 액체 연료가 주로 사용된다.

게."

허튼 박사가 빠른 목소리로 다그쳐 물었다.

여기는 또다시 남대문 경찰서 앞. 그는 지금 세티(SETI)의 협력자와 은밀한 통화를 하는 중이다.

새벽에 경찰서를 나온 뒤에도 허튼의 수난은 계속해서 이어졌다. 원인은 두 시간 간격으로 도착하는 까말레옹의 문자 메시지였다. 아침 일찍 온 문자엔 이런 내용이 적혀 있었다.

긴급 정보! 인사동 골동품 가게에 화성인의 투구가 있음.

즉시 인사동으로 달려가 이 가게 저 가게를 기웃거리던 허튼 박사는 도둑으로 몰려서 한바탕 곤욕을 치렀다. 그다음엔 '놀이동산 사파리에 화성의 괴생물체 은신 중'이라는 메시지를 받고 에버랜드로 가서 몰래 사파리에 숨어들었다가 사자에게 물릴 뻔했다. 사육사들에게 한 시간 동안 잔소리를 듣고 나오니 이번엔 이런 메시지가 날아왔다.

청계천 소라광장의 소라탑이 화성인의 우주선이라고 함.

부리나케 서울로 와서 나선형으로 치솟은 소라탑을 주먹으로 꽝꽝 두들기다가 어젯밤의 그 경찰관들에게 다시 붙잡혔고, 낯익은 형사에게 혼쭐이 났다. 형사는 이번에도 아주 간단한 보고서를 작성했는데, 내용은 이런 것이었다.

그렇게 해서 겨우 풀려났는데, 경찰서 문을 나서자마자 전화가 왔던 것이다. 통화를 하는 허튼 박사의 눈에서 오랜만에 날카로운 빛이 번득였다.

"이번엔 올림푸스 화산이 아니고 포보스란 말이지? 음, 알겠소. 계속 수고해 주시오."

전화를 끊은 뒤 허튼 박사는 잠시 생각에 잠겼다. 6년 전에 끊겼던 전파가 다시 잡힌 걸로 봐서 화성에 뭔가 중요한 일이 벌어지고 있는 게 분명했다. 그렇다면…… 레옹 형제의 말대로 화성인들이 지구에 나타난 것도 꽤 신빙성이 있어 보였다.

"괜히 바보들한테 일을 맡겨서 헛고생한다고 의심했는데, 그게 아니었군."

허튼 박사는 조금 전까지만 해도 씩씩거리며 다시는 녀석들을 믿지 않겠다고 다짐

로켓의 원리는 '작용과 반작용'

로켓 엔진에 사용되는 과학 원리는 '작용과 반작용'이다. 빵빵하게 분 풍선의 주둥이를 열었을 때 공기가 빠져나오면서 풍선이 앞으로 날아가는 것과 같은 원리다. 연료를 폭발시키면서 나오는 가스를 내뿜으면(작용) 그 반대 방향으로 우주선이 움직인다(반작용). 여러분들이 좋아하는 '물 로켓'도 연료 종류와 추진력의 크기만 다를 뿐, 원리는 우주 비행용 로켓과 100퍼센트 똑같다.

했던 스스로를 조용히 나무랐다. 그러고는 전화기를 꺼내 들고 새로운 정보가 오길 기다렸다.

"부하를 믿지 못하는 지휘자는 명장이 될 수 없는 법이지. 암, 그렇고말고."

딩동 소리가 난 건 바로 그때였다.

"으으! 기껏 미국에서 한국으로 왔는데 다시 미국이라니."

하지만 투덜거릴 시간이 없었다. 열심히 정보를 캐고 있을 레옹 형제에게 고마움을 느끼며, 허튼 박사는 서둘러 택시를 잡아타고 인천공항으로 향했다.

암호를 푸는 첫 번째 열쇠

"그러니까 빈손은, 사이도니아에 열쇠가 있을 거란 말이지?"

"틀림없어요. 후손들만 아는 암호라면 당연히 지구로 간 조상들을 통해 전해졌을 테고, 그건 그들이 마지막으로 고향에 남긴 얼굴이나 피라미드와 관련이 있을 게 분명하니까요. 특히……."

"특히?"

“숫자는 피라미드와 관계가 있을 거예요. 워낙 신비하니까.”

스라모트가 고개를 끄덕이며 노빈손에게 동감을 표시한 다음 은별에게 물었다.

“그 문제를 푸는 건 고고학자인 은별 몫이겠군. 뭐 짚이는 거 없어?”

“글쎄? 너무 막연한걸.”

은별이 눈을 감고 곰곰이 생각에 잠겼다. 그사이 피스는 쏜살같은 속도로 타르시스 고원을 넘어 북반구의 사이도니아 지역에 도착해 있었다. 허공을 선회하는 피스의 스크린에 ‘얼굴’과 피라미드의 모습이 손에 잡힐 듯 또렷이 떠올랐다.

“우아! 정말 얼굴 모양이네. 좀 닳긴 했지만.”

“저걸 그냥 바윗덩어리라고 우겼단 말야?”

아름답고 훌륭한 조각품이었다.

깊은 눈매와 다부진 입매, 그리고 위엄이 엿보이는 얼굴! 가까이에서 보니 눈 밑에는 눈물자국까지 있었다. 고 박사가 의심한 대로 허튼 박사는 나사의 우주선들이 찍은 사진들을 계속 흐릿하게 위조한 게 분명했다.

“하르모니아, 아빠가 아주 미남이신걸?”

은별의 말에 하르모니아가 쓸쓸히 웃으며 고개를 끄덕였다.

1만 8천 년 동안 모래바람 속에서 후손들

우주 공간에서 우주선이 방향을 틀려면 어떻게 해야 할까? 비행기는 꼬리 날개를 이용해 공기의 흐름을 바꾸지만 우주 공간엔 공기가 없다. 이때도 역시 ‘작용과 반작용’이 활용된다. 왼쪽으로 돌 때는 우주선 오른쪽 분출구로 연료를 내뿜고, 오른쪽으로 돌 때는 왼쪽 분출구로 내뿜는다. 우주 공간에서 유영하는 우주인들도 방향 전환용 소형 분사 장치인 ‘우주총’을 갖고 있다.

을 기다린 화성의 왕 데르! 비록 몸은 피라미드 안에 묻혔어도 영혼만은 저 얼굴 바위에 깃든 채 줄곧 지구를 굽어보고 있었으리라.

"맞다! 저 얼굴 바위와 피라미드의 높이가 800미터라고 했지? 혹시 암호의 숫자도 800이 아닐까?"

노빈손이 큰 발견이라도 한 듯 외쳤지만 스라모트가 곧바로 면박을 주었다.

"어리석긴! 미터는 지구에서 쓰는 단위잖아."

쩝! 하지만 그 정도로 풀이 죽을 노빈손이 아니었다. 이번엔 또 다른 생각이 불현듯 머리를 스치고 지나갔다.

"은별 누나, 지구의 피라미드들을 생각해 봐요. 붉은 종족의 후손
들이 암호를 알고 있었다면, 지구에서도 그걸 염두에 두고 피라미드
를 만들었을지 모르잖아요."

"피라미드에 숨은 숫자라……."

은별이 곰곰이 생각에 잠겼다. 이집트, 마야, 잉카…… 수많은 피
라미드들의 모습이 죽 머리를 스치고 지나갔다.

피라미드가 나타내는 숫자! 과연 그게 뭘까? 은별의 눈이 반짝 빛
난 것과 노빈손의 눈이 희뜩 빛난 것은 거의 동시였다.

"해와 달!" 하는 은별.

"공!" 하는 노빈손.

"공이라니? 무슨 얘기지?"

"은별 누나가 먼저 얘기해 봐요. 해와 달
이 무슨 뜻인지."

"멕시코의 테오티와칸이라는 곳에 두 개
의 유명한 피라미드가 있어. 태양의 피라미
드와 달의 피라미드! 수학과 천문학이 뛰어
났던 수천 년 전 고대 문명의 흔적이지."

멕시코의 위치는 중앙아메리카. 베링 해
협을 건너 아메리카 대륙으로 갔던 붉은 종
족의 후손들이 터를 잡고 살았음직한 곳이
다. 그렇다면 혹시?

테오티와칸은 기원전 2세기부터 1천여 년 동안 번성한 멕시코의 고대 도시. 멸망 후 600년이 지난 뒤에 아즈텍인들이 최초로 발견했으며, 인간의 솜씨라고는 믿기 힘든 정교한 건축물들을 보고 '테오티와칸(신들이 모이는 곳)'이라 부르기 시작했다. 두 개의 피라미드엔 '태양의 피라미드'와 '달의 피라미드'라는 이름이, 유골들이 많이 발견된 도시 중앙 도로엔 '죽은 자의 거리'라는 이름이 붙었다.

“거기에 무슨 숫자가 담겨 있지?”

스라모트가 물었다.

“그곳 피라미드는 이집트와 달리 계단식으로 되어 있어. 그런데 두 개 모두 네 번째 층의 경사 각도가 19.5도야. 답사 갔을 때 직접 측정해 본 적도 있어.”

“하지만 그게 딱히 무슨 의미가 있는 건 아니잖아.”

“아니긴! 아주 중요한 의미가 있어. 그건 다름 아닌 그 피라미드의 위치거든. 태양의 피라미드 꼭대기가 바로 지구의 북위 19.5도야.”

그럴 수가! 그럼 그 피라미드를 만든 사람들은 수천 년 전에 이미 지구의 위도와 경도를 정확히 계산할 수 있었단 말인가? 그래서 피라미드에 그것의 위치를 표시해 두었단 말인가?

“내 얘긴 끝났어. 이젠 빈손이 얘기할 차례야.”

“별건 아니고……. 아까 올림푸스 기지에서 봤던 공 있잖아요.”

“허공에 떠 있던 공?”

“맞아요. 그 공 안에 거꾸로 뒤집힌 피라미드가 있었는데, 그냥 그게 갑자기 생각나서…….”

노빈손이 우물쭈물 말끝을 흐렸다. 은별에 비해 자기 생각이 너무 평범한 것 같아서였지만, 은별의 반응은 전혀 달랐다.

“맞다! 왜 그 생각을 못했지? 거기에 열쇠

가 있을지도 모르는데."

설마? 예의상 그렇게 말해 주는 거겠지. 시무룩하던 노빈손의 머리에 갑자기 조금 전 은별이 했던 말 한마디가 번개처럼 떠올랐다.

북위 19.5도!

"그래! 바로 그거야."

노빈손이 자리에서 벌떡 일어나 계기판 앞으로 부리나케 달려갔다.

허튼은 알고 있었다!

"피스! 화면에 입체 영상을 띄워. 공 안에 들어 있는 정사면체 피라미드! 그리고 피라미드의 꼭짓점 한 개를 공의 아래쪽에 맞춰. 남극점에 맞추란 말야."

노빈손의 고함이 실내에 쩌렁쩌렁 울렸다.

순식간에 피스가 아까 보았던 공의 모습을 스크린에 똑같이 재현했다. 네 개의 꼭짓점들이 모두 공의 안쪽 벽에 닿았고, 그중 한 개가 정확히 남극점을 찔렀다. 나머지 사람들은 숨을 죽인 채 그 광경을 말없이 지켜보았다.

"됐어. 이제 공 위에 선을 그어 봐. 위도 말야. 적도를 중심으로 남북 각각 90도씩."

역시 순식간에 선들이 그어졌다.

“어디 보자. 꼭짓점들이 닿는 곳이…….”

노빈손의 목소리가 가늘게 떨렸다. 화면 속, 피라미드의 밑변을 이루는 세 개의 꼭짓점들은 모두 같은 높이에 있었다. 적도보다 약간 위쪽, 그곳의 위치는 바로…….

“19.5도!”

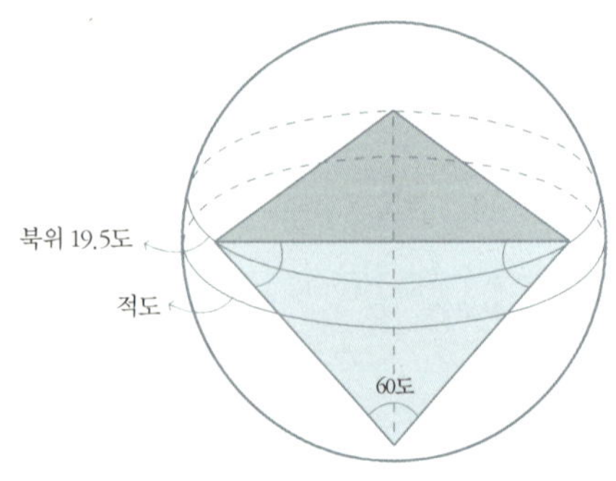

공에 내접(꼭짓점들이 모두 공 안쪽에 닿았다는 뜻)한 정사면체의 뿔 한 개를 남극점이나 북극점에 맞췄을 때 나머지 뿔들이 적도에서 19.5도 떨어진 곳에 닿는다는 건 미국의 기계공학자 버크민스터 풀러가 창안한 '에너지 시너지 기하학'의 주요 내용들 중 하나. 화성 사이도니아의 신비를 추적하는 과학자들은 '사면체 상수'로 불리는 19.5라는 숫자에 매우 큰 의미를 부여하고 있다.

하르모니아, 은별, 스라모트의 입이 동시에 동굴처럼 떠억 벌어졌다. 그러고는 일제히 박수를 치고 하이파이브를 나누며 환호성을 질러 대기 시작했다.

“우아! 정말 신기해요.”

“틀림없어! 암호 중에서 숫자는 무조건 19.5야.”

“그러게. 호호호.”

하지만 노빈손은 좀 더 확실한 증거를 원했다. 19.5라는 숫자를 사이도니아의 피라미드에서도 발견할 수 있는지, 그걸 확인하고 싶었던 것이다.

"피스! 이번엔 피라미드를 화면에 띄워. 하늘에서 본 모습을."

파팟!

곧바로 피스의 스크린에 〈D&M 피라미드〉의 오각형 윗모습이 나타났다.

"은별 누나, 확인해 봐요. 저 안에 그 숫자가 담겨 있는지."

은별이 화면 속 피라미드를 뚫어져라 쳐다보았다. 가끔씩 피스에게 이런저런 각도나 길이를 재라는 지시를 내리기도 했다.

잠시 후.

일행의 입이 다시 한 번 떠억 벌어졌다.

화면에 그어진 몇 개의 선, 그리고 숫자들! 피라미드 꼭대기를 지나는 가로 선과 그 바로 옆 모서리의 각도는 정확히 19.5도였다. 그리고 오각형의 왼쪽 위 꼭짓점을 지나는 가로 선과 그 옆 테두리 선의 각도 역시 19.5도였다.

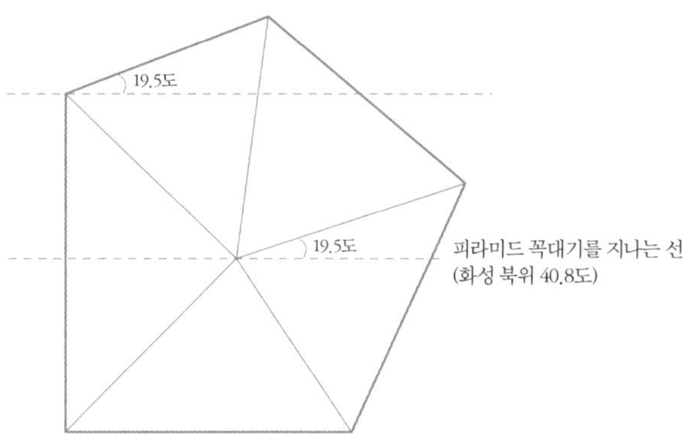

"이젠 정말 확실한 것 같군."

스라모트의 말에 모두들 고개를 끄덕였다. 숫자를 알아냈으니 암호의 절반은 푼 셈이었다.

"테오티와칸의 피라미드를 만든 사람들 속엔 붉은 종족 후손들도 있었던 것 같아. 그러니까 그 숫자가 담겨 있겠지. 그 옛날에 정확한 위도를 알았던 것도 그렇고."

"아무튼 훌륭해. 은별과 빈손이 힘을 합치면 이 세상에 못 풀 문제가 없겠어."

"훌륭한 건 빈손이지. 나야 이게 전공이지만……."

스라모트와 은별이 번갈아 가며 칭찬하는데도 노빈손은 별다른 반응이 없었다. 갑자기 또 다른 궁금증이 슬며시 고개를 들었던 것이다. 조금 전에 문득 떠오른 고 박사의 일기 때문이었다. '왜 거기였을까?' 라고 적혀 있던 바로 그 대목.

혹시? 설마! 하지만…….

뒤죽박죽으로 뒤엉킨 생각들을 한동안 정리하다가, 노빈손이 이윽고 입을 열었다.

"하르모니아, 아레스 계곡이 어디지? 〈패스파인더 호〉가 착륙했던 곳 말야."

"아레스 계곡? 지구에서 부르는 이름이라 잘 모르겠는데."

하르모니아가 갸웃하더니 즉시 쎄라를 불렀다.

파팟! 스크린에 낯익은 새가 나타나 눈을 동그랗게 뜨며 말했다.

"쿵! 어라? 북극으로 가라니까 왜 거기에서……."

"쎄라, 그 얘긴 나중에 하고 우선 대답부터 해 줘. 〈패스파인더 호〉 착륙 지점이 어디였지?"

"〈패스파인더 호〉? 쿵! 모르는 녀석인데요."

그러자 스라모트가 답답하다는 듯 앞으로 나서며 큰 소리로 다그쳤다.

"네가 돌덩이로 가로막은 꼬마 로봇 있었잖아. 그 로봇을 싣고 왔던 우주선 말야."

"쿵! 그건 알지."

"좌표를 말해 봐. 위도와 경도를 말하라고."

"쿵! 경도는 서경 33.5도."

"위도는?"

"북위 쿵! 19.5도."

이럴 수가! 일행의 입이 세 번째로 떠억 벌어졌다. 노빈손이 그럴 줄 알았다는 듯 눈에 쌍심지를 켜며 부르짖었다.

"허튼은 알고 있었어! 피라미드에 숨은 숫자를. 그래서 〈패스파인더 호〉를 거기에 착륙시켰던 거야."

"하지만 왜?"

은별이 물었다.

"화성인들에게 메시지를 보내기 위해서였겠지. 우리는 너희들에 대해 알고 있다는……."

스라모트가 눈을 부라리며 말했다. 음흉한 허튼! 겉으로는 시치미를 떼면서 뒤로는 온갖 꿍꿍이를 꾸미며 대고 있었군. 화성인들에게 메시지를 보내서 대체 뭘 어쩌겠다는 심보였을까?

"응답이 없어서 서운했겠군요."

하르모니아가 말하자 은별이 웃으며 고개를 저었다.

"〈소저너〉를 가로막은 바위가 화성의 응답이었던 셈이잖아."

후훗! 고소해라……. 빙긋 웃는 하르모니아에게 노빈손이 더 깨소금 같은 얘길 들려주었다.

"허튼은 아마 한국에서 고생깨나 했을 거야. 그리고 곧 등산깨나 하게 될 거고."

"등산이라니? 어딜?"

"애팔래치아!"

내 고향엘? 스라모트가 멍한 눈빛으로 노빈손을 쳐다보았다.

하지만 노빈손은 웃기만 할 뿐 아무런 설명도 해 주지 않았다. 요 며칠간 허튼 박사가 겪고 있는 수난은 우주에서 오직 두 사람, 허튼 본인과 노빈손만이 알 것이었다.

암호를 푸는 두 번째 열쇠

"아아! 모르겠어. 아무것도 떠오르지 않아."

은별이 금방이라도 울음을 터뜨릴 듯한 얼굴로 머리를 싸맸다. 사이도니아 상공을 수십 번씩 맴돌며 피라미드와 얼굴 바위를 관찰했지만 암호의 실마리는 좀처럼 찾을 수 없었다. 그러는 동안에도 시간은 째깍째 깍 쉬지 않고 흘러갔다.

"얼굴 바위에 집중해. 피라미드로 숫자를

우주로 내보낸 인류의 메시지
허튼 박사처럼 얄미운 방식은 아니지만, 외계인에게 보낸 인류의 메시지는 실제로도 있다. 1972년과 1973년에 발사된 태양계 탐사선 〈파이어니어 10, 11호〉엔 지구인의 신체 구조, 우리 태양의 위치, 태양계의 모습 및 지구의 위치가 그려진 금속판이 실려 있다. 지구와의 교신이 끊긴 건 2003년과 1995년. 인류 최초로 외계에 내보낸 편지를 싣고, 두 우주선은 지금 태양계 밖으로 끝없는 우주 항해를 하는 중이다.

풀었으니까 단어는 아마 얼굴 바위에서……."

"스라모트, 제발 재촉하지 마. 나도 알고 있단 말야."

짜증을 내기 시작하는 은별을 보며 노빈손은 가만히 생각을 가다듬었다.

서두르면 안 돼! 그럼 생각이 나다가도 쏙 들어가 버리거든. 급한 때일수록 천천히, 차근차근 해답에 접근할 필요가 있어. 그러려면 어떻게 해야 할까? 옳지, 그 방법이 좋겠다.

"은별 누나, 우리 연상 퀴즈 한번 해 볼까요?"

"퀴즈라니?"

"내가 가끔 쓰는 방법인데, 아이디어가 막혔을 때 그걸 하면 머리가 다시 뚫리거든요."

이 판국에……. 은별이 떨떠름한 얼굴로 고개를 끄덕였다. 별다른 기대가 없긴 다른 사람들도 마찬가지인 듯했지만 노빈손의 얼굴은 태평스러웠다.

"우선 피라미드부터! 누난 피라미드 하면 제일 먼저 뭐가 떠오르죠?"

"그야 물론 이집트 피라미드지. 특히 기자 지역의 3대 피라미드. 규모로 보나 정교함으로 보나 정말 신비한 건축물이거든. 네 개의 모서리가 정확하게 동서남북을 가리키는 것도 그렇고."

"기자 지역이라……. 그게 어디죠?"

"카이로! 그건 1천 년 전에 아랍인들이 붙인 '엘 카히라'라는 이름에서 비롯된 건데…… 앗!"

"왜 그러죠?"

"엘 카히라는 아랍어로 화성을 뜻해. 이런! 그게 왜 지금에야 생각나는 거지?"

노빈손의 얼굴이 환해졌다. 브라보! 드디어 막혔던 생각들이 뚫리기 시작했어.

"좋아요. 계속 그렇게 생각나는 대로 얘기하는 거예요. 그럼 다시! 저 얼굴 바위를 보면 뭐가 떠올라요?"

"이집트의 스핑크스! 느낌이 비슷하잖아."

"스핑크스는 어떻게 생겼죠?"

"그야 머리는 사람이고 몸뚱이는 사자⋯⋯. 아! 또 생각났다."

옳지! 길이 평평 뚫리는구나.

"뭐죠?"

"힌두 신화에서 화성을 '느르심하'라고 불러. '인간 사자'라는 뜻이야. 결국 '화성＝스핑크스'인 셈이지. 아아, 피라미드뿐 아니라 스핑크스도 화성과 관계가 있었다니. 게다가 인도의 신화까지."

"당연하지. 고대 이집트나 인도는 붉은 종족 후손들이 참여한 4대 문명의 발상지들이니까."

스라모트가 흥분한 얼굴로 거들었다. 노빈손의 연상 퀴즈는 확실히 놀라운 효과를

〈보이저 호〉에 실린 '지구의 속삭임'

1977년에 발사된 태양계 탐사선 〈보이저 1, 2호〉에도 인류의 메시지가 실려 있다. '지구의 속삭임'이라는 제목의 타임캡슐 디스크가 바로 그것. 이 금빛 디스크엔 지구의 다양한 소리들, 한국어를 포함한 55개 언어의 인사말 등이 담겨 있으며, 표면엔 지구에서 보냈음을 알려 주는 다양한 그림들이 새겨져 있다. 이 우주선들 역시 교신이 끊긴 채 태양계 밖을 하염없이 떠다니고 있는 중. 인류의 메시지가 외계에 전달되는 날은 과연 언제쯤일까?

발휘하고 있었다.

"계속해요. 스핑크스와 화성 사이에 또 다른 공통점은 없나요?"

"음……. 아, 있다! 고고학자들의 연구에 의하면, 스핑크스엔 오랫동안 붉은색이 칠해졌어."

그렇다면 '스핑크스=화성'이라는 등식이 더 확실해지는 셈이로군. 자! 이제 얼마 남지 않았다.

"조금만 더! 스핑크스는 옛날 말로 뭐라고 불렀어요?"

"이집트어로는 '호라크티'! 지평선의 태양신이라는 뜻……. 어머나!"

"왜요?"

"태양신! 이제 보니 이집트 태양신의 이름엔 '얼굴'이라는 뜻도 있었어."

만세! 드디어 얼굴이 나왔다. 마른 입술을 핥으며 던지는 노빈손의 마지막 질문.

"그 이름이 뭔데요?"

"호루스!"

바로 그 순간이었다. 하르모니아가 천장에 닿을 듯이 펄쩍 뛰어오른 것은.

동시에 아주 분명한 느낌 하나가 노빈손의 가슴을 훑고 지나갔다. 드디어 연상 퀴즈가 끝났다는 후련한 느낌!

"호루스는……."

하르모니아가 몽유병 환자처럼 몽롱한 눈빛으로 말했다.

“화성어로 ‘고향’이라는 뜻이에요.”

두둥!

마침내 붉은 종족 후손들의 암호가 완전히 풀리는 기적 같은 순간이었다.

“지구인들은 정말 놀랍군요. 그런 식으로 암호를 풀다니.”

“하하. 은별 누나의 해박한 지식 덕분이지.”

“아냐. 난 묻는 말에 횡설수설 대답만 했을 뿐인데 뭐.”

“빈손! 솔직히 말해 보게. 대체 어디서 그런 재주가 나오지? 자네 혹시 외계인 아닌가?”

피스의 실내가 왁자지껄 웃음판으로 변했다. 막막하던 수수께끼를 훌륭하게 풀어낸 데서 오는 기쁨과 감동 때문이었다.

“틀림없겠지? 호루스 19.5!”

“분명해. 바로 그게 북극을 여는 열쇠야.”

“얼른 가요. 잠에서 깼는데 아무도 없으면 황당하잖아요.”

하지만 굳이 말하지 않아도 피스가 이미 기수를 북쪽으로 돌리고 있었다. 저 아래로 화성 북반구의 낮은 침식 지대가 휙휙 스쳐 지나갔다.

이제 시간이 얼마 남지 않았다.

**노빈손의 연상 퀴즈!
어디까지가 진짜?**

노빈손과 은별의 연상 퀴즈에 나오는 아랍어, 힌두 신화, 고대 이집트어 등은 대부분 진짜다. 지어낸 얘기는 딱 하나! ‘호루스’가 화성어로 ‘고향’을 뜻한다는 것뿐이다. 『신의 지문』, 『우주의 지문』을 쓴 그레이엄 헨콕은 고대 문명이나 언어, 신화 속에 화성과 관련된 내용들이 많다는 것을 여러 사례들을 통해 자세히 밝힌 바 있다.

화성 북극에 발을 딛다

츠츠츠츳― .

얼음 가루를 사방에 흩날리며 피스가 천천히 내려앉았다.

여기는 화성의 북극! 위에서 내려다본 여름의 얼음 극관은 나선형의 소용돌이를 이룬 멋진 모습이었다. 마치 갈색 커피 위에서 둥글게 퍼져 가는 하얀 아이스크림처럼.

하지만 막상 내려와 보니 고도가 3천 미터나 되는데다가 얼음 두께 또한 어마어마했다. 층층이 쌓인 이산화탄소 얼음 밑에는 물 얼음이 있고, 그보다 더 밑에서 붉은 종족들이 하나둘씩 깨어나고 있을 것이었다.

"단단히 입었지? 사용 방법을 잘 기억해 둬."

스라모트가 헬멧 속 마이크로 건넨 말이 은별과 노빈손의 이어폰으로 전해졌다.

세 사람은 지금 선외 우주복 차림이었다. 이제 잠시 후면 밖으로 나가서 지구와는 전혀 다른 화성의 땅을 디뎌야 하기 때문이다. '작은 우주선'으로 불릴 만큼 다양한 기능을 갖춘 선외 우주복은 원래 입는 데만 45분이 걸리지만, 지금은 상황이 상황인지라 최대한 서두를 수밖에 없었다.

헬멧과 장갑, 부츠로 치장하고 산소 공급 장치까지 짊어진 노빈손
은 헬멧 속에서 아주 흐뭇한 표정을 짓고 있었다. 그토록 입고 싶었
던 옷을 드디어 완벽하게 차려 입었으니! 무엇보다도 마음에 드는
건 헬멧을 벗지 않고도 빨대로 물이나 초콜릿, 음료수 등을 먹을 수
있다는 점이었다.

"스라모트, 이 옷 비싸요?"

"왜?"

"말숙이한테 선물하면 엄청 좋아할 거 같은데."

흥! 스라모트가 콧방귀를 뀌며 시큰둥하게 대답했다.

"얼마 안 해. 한 벌에 겨우 1천200만 달러니까. 완전 싸구려지 뭐."

헉! 그럼 자그마치 150억 원? 으으, 안 되겠다. 그냥 장갑만 선물할까? 그러나 뒤이은 스라모트의 말이 그런 생각마저 한 방에 꺾어 버렸다.

"장갑은 한 켤레에 겨우 2만 달러야."

그만 두자. 선물이 꼭 비싸야 맛인가? 정성 어린 마음만 담기면 그만이지…….

그렇게 마음을 달래면서도 노빈손은 은근히 심통이 났다. 우주 비행사라고 폼 잡는 거야, 뭐야? 어차피 자기도 돈 주고 사서 입는 것도 아니면서. 군인들이 군복 값을 내지 않는 것처럼.

트집거리를 궁리하며 거울로 우주복 매무새를 살피던 노빈손의 눈에 마침 금빛으로 반짝거리는 제 헬멧이 보였다.

옳지! 꼬투리 하나 잡았다. 최대한 빈정거리는 말투로, 거만하게!

"스라모트. 이거 가짜죠?"

그러나 돌아온 대답은 완전 뜻밖이었다.

"아니! 진짜 금으로 코팅한 거야. 흠집 내

면 물어내라고 할 테니까 알아서 해."

홈칫!

노빈손의 행동이 눈에 띄게 조심스러워졌다.

번쩍—.

붉은빛 한 줄기가 얼음을 뚫고 하늘로 솟구쳤다. 쎄라가 말한 신호였다. 5천 명의 붉은 종족이 드디어 1만 8천 년 동안의 긴 잠에서 깨어나 기지개를 켜고 있는 것이다.

"가자!"

넷은 서둘러 밖으로 나갔다. 투구를 쓴 하르모니아가 맨 앞에 섰고 지구인 셋이 그 뒤를 따랐다. 100킬로그램이 넘는 우주복을 입고 있었지만 화성의 약한 중력 덕분에 그리 큰 무게는 느껴지지 않았다. 30킬로그램 정도 되는 꼬마 한 명을 업고 있는 정도의 느낌이었다.

우주복 안쪽의 기압은 지구 대기압의 3분의 1 수준인 0.3기압. 에베레스트 꼭대기 정도의 기압이다. 하지만 화성의 기압은 지구의 100분의 1이 채 못 된다. 우주복 안팎의 이 같은 기압 차이로 인해 밖으로 나오자마자 옷이 금방 빵빵하게 부풀어 올랐다.

겁먹었던 것과는 달리 추위도 전혀 느껴

지지 않았다. 열네 겹이나 되는 우주복이 화성 북극의 무시무시한 추위를 막아 준 덕분이다. 하긴, 영하 130도를 견딜 수 있게 만들어진 옷이니 그 3분의 2 수준인 이곳의 여름 추위쯤은 아무것도 아닐 것이었다.

화성 공주와 지구인 세 사람이 몰려 나가는 바로 그 순간, 피스의 계기판 스크린에 쎄라의 아바타가 나타났다. 그러고는 외마디 소리로 이렇게 외쳤다.

"공주! 왜……."

평소와는 달리 '콩' 소리도 섞이지 않은 다급한 외침!

그러나 그 말을 들은 사람은 아무도 없었다.

왜애애애……. 긴 메아리가 텅 빈 피스의 실내를 이리저리 떠돌 뿐이었다.

위기일발

―호루스 19.5! 호루스 19.5!

하르모니아가 필사적으로 뇌파를 띄워 보냈다. 하지만 얼음에선 아무런 변화도 일어나지 않았고, 투구의 빛도 사라지지 않았다. 분명히 암호를 대면 출입구가 열릴 거라고 했는데, 혹시 암호가 잘못된 걸까?

“어떻게 된 거야. 왜 안 열려?”

“그러게. 암호가 틀렸나?”

“어쩐지 너무 쉽게 풀리더라니.”

세 사람이 초조하게 발을 구르며 웅성거렸다. 은별의 얼굴이 안타까움으로 인해 하얗게 질렸고, 스라모트의 등에선 식은땀이 흘러내렸다. 노빈손 역시 마음을 졸이며 주먹으로 비싼 헬멧을 쾅쾅 쳤다.

“열려라! 제발…….”

하르모니아가 간절한 목소리로 애타게 부르짖었다. 눈물로 범벅이 된 안타까운 얼굴! 형제들을 지척에 두고 절망에 빠져 있을 화성 공주의 괴로움이 지구인들에게도 오롯이 전해졌지만, 도울 방법은 아무것도 없었다. 그때였다.

슈우웃!

아찔한 광선 한 줄기가 얼음 위로 내리꽂혔다.

콰아아아아앙!

굉음과 함께 허공으로 치솟는 수많은 얼음 조각들. 그리고 움푹 팬 얼음 구덩이. 녹색 종족의 전투정에서 발사한 레이저 빔의 무시무시한 위력이었다. 폭발에 휘말린 하르모니아의 작은 몸뚱이가 낙엽처럼 나부끼다가 얼음 위로 쿵 떨어져 내렸다.

“아앗!”

“하르모니아!”

하지만 미처 돌볼 틈도 없이 레이저 빔이 잇달아 일행을 공격했다.

슈웃! 슈우웃!

콰콰콰쾅!

순식간에 쑥대밭이 되어 버린 얼음의 소용돌이 속에서 세 사람은 필사적으로 공격을 피해 이리저리 뒹굴었다. 주인의 위기를 알아차린 피스가 스스로 이륙하여 하르모니아에게 다가가려 했지만 역부족이었다. 어느새 전투정의 숫자가 세 대로 늘어나 있었던 것이다.

쾅! 요란한 파열음을 내며 피스의 안테나 한 개가 부러져 나갔다. 충격을 못 이긴 채 공기 빠진 풍선처럼 지그재그로 허공을 헤매는 피스! 이제 남은 안테나는 겨우 한 개뿐이지만 몸체가 상하지 않은 게 그나마 다행이었다.

그사이 전투정의 숫자는 다섯 대로 불어났고 공격은 더욱 집요해졌다. 이제 더는 버티기가 불가능해 보이는 바로 그 순간!

우우우웅—.

무거운 굉음과 함께 시커멓고 커다란 그림자가 주위를 뒤덮었다. 20년 전 〈포보스 2호〉의 마지막 사진에 나타났던 것과 비슷한 거대한 그림자! SF 영화에나 나올 법한 거대한 우주 전함이 화성 북극의 상공에 나타난 것이다.

끝장이로군!

허블우주망원경 2

성능

허블우주망원경은 구경 2.4미터로 그리 큰 편은 아니지만 지구의 고성능 천체망원경들에 비해 10~30배의 해상도와 100배의 감도(빛에 반응하는 정도)를 자랑한다. 인터넷을 검색하면 허블우주망원경이 찍어 보낸 신비로운 우주의 모습들을 마음껏 감상할 수 있다. 눈동자를 닮은 나선형 성운, 보석 같은 마젤란 원석, 소용돌이치는 팔랑개비은하, 원반 같은 솜블레로은하 등등.

　　세 사람의 얼굴에 고요한 체념의 빛이 흘렀다. 전투정들로도 모자라 이젠 우주 전함이라니!

　　그러나 곧바로 뜻밖의 상황이 벌어졌다. 당연히 한패라고 여겼던 우주 전함이 녹색 종족의 전투정들을 향해 다짜고짜 공격을 퍼붓기 시작한 것이다.

　　"어라! 저게 웬일이람?"

　　"포보스 정찰 기지의 연락을 받고 온 게 아니었나?"

　　"혹시 다른 행성에서 온 제3의 외계인들 아냐?"

절체절명의 위기에서 벗어난 세 사람이 어리둥절한 눈으로 상황을 지켜보았다.

전투정들은 황급히 달아나기 시작했고 한 대는 용감하게 덤벼들기도 했지만 덧없는 일이었다. 작은 전투정과 우주 전함은 공격력이나 정확도, 속도 등에서 애초에 상대가 되질 않았으므로.

쾅! 쾅! 쾅! 쾅! 쾅!

정확히 다섯 번의 공격과 다섯 번의 폭발음이 들려왔다.

잠시 후, 드넓은 얼음 위엔 전투정들의 잔해가 푸른 연기를 내뿜으며 여기저기 흩어져 있었다.

그사이에 셋은 쓰러진 하르모니아를 부축하여 피스로 데려왔다. 대체 뭐가 어떻게 된 영문인지 몰랐지만 지금은 그걸 따질 겨를이 없었다. 적의 적은 친구라니까 저 우주 전함도 우리의 친구겠지! 그저 그렇게 믿을 따름이었다.

"으음……."

하르모니아의 입에서 고통스런 신음이 흘러나왔다.

폐허가 된 북극점을 피스가 빠른 속도로 벗어났다.

우리 중에 붉은 종족의 후손이 있다!

"하르모니아! 정신 좀 차려 봐."

"흑흑, 하르모니아."

스라모트와 은별이 울부짖으며 하르모니아의 어깨를 흔들었다. 하지만 꺼져 가는 하르모니아의 눈빛엔 좀처럼 생기가 돌아오지 않았다. 슬퍼 보이는 그 눈빛은 어딘지 모르게 사이도니아 얼굴 바위의 그것과 비슷해 보였다.

"틀렸어요……. 이젠 다 틀려 버렸어."

체념한 듯 중얼거리는 하르모니아의 얼굴에 문득 누군가를 향한 원망이 떠올랐다.

"분명히 성공할 거라고 했었는데. 아아, 그 예언이 틀렸던 걸까?"

"예언이라니?"

스라모트가 다급하게 물었다. 이대로 하르모니아를 영영 잃지 않으려면 어떻게든 말을 걸어서 대화를 이어 가야만 했다.

"투구를 갖고 떠난 예언자가 그랬어요. 붉은 종족의 계획은 반드시 성공할 거라고……."

당연하지! 그럼 설마 그 상황에서 '우린 기필코 실패할 거야'라고 말했겠어? 노빈손의 입술이 달싹거렸지만 입 밖으로 꺼내지는 않았다.

"그분, 비록 내 얼굴은 몰랐지만 날 아주 귀여워했었는데."

"얼굴을 모르다니? 왜?"

허블우주망원경 3
장수 만세!

허블우주망원경은 여러 차례 고장과 수리를 반복하며 예상 수명인 15년을 훌쩍 넘겼고, 2009년 5월에 다섯 번째 수리가 이루어졌다. 우주왕복선 〈아틀란티스호〉를 타고 간 나사의 과학자들이 6일간의 고난도 작업 끝에 수리와 업그레이드에 성공한 것. 늘어난 수명은 5~10년 정도다. 나사는 허블우주망원경을 대체할 제임스웹우주망원경을 2014년에 쏘아 올릴 계획이다.

"장님이었으니까. 붉은 종족의 예언자들은 원래 나이가 들면……
눈이 멀어요."

으응? 스라모트의 눈빛이 순간적으로 흔들렸다. 바로 그때 파팟
소리와 함께 스크린에 쎄라의 아바타가 나타났다.

"쿵! 공주! 대체 왜 그런 겁니까?"

"쎄라. 그게 무슨……?"

"왜 공주가 했습니까? 후손이 해야 할 일을 쿵! 왜 공주가……."

후손이 할 일! 그렇다면 암호가 틀린 게 아니었단 말인가? 암호가
정확하더라도 그걸 후손의 뇌파로 전하지 않으면 문이 열리지 않는
단 말인가?

"쎄라! 미안해. 미리 말해 주지 않아서. 여기엔 후손이 없어. 이 사
람들은…… 모두 지구인이야."

"대체 무슨 소립니까? 쿵! 분명히 있는데
없다니요. 내가 확인까지 했는데."

헉!

대체 이게 무슨 말일까? 우리 중에 붉은
종족의 후손이 있다니!

"저 사람이 바로 쿵쿵! 붉은 종족의 후손
입니다."

쎄라의 아바타가 날개로 누군가를 가리켰
다. 그 사람은 바로……,

스라모트였다.

우주정거장의 역사 1
살류트

살류트는 1971년~1982년까지 7
차례 발사된 소련의 우주정거장.
최초의 인공위성 〈스푸트니크 1
호〉(1957)와 최초의 우주인 유리
가가린(1961) 덕분에 으쓱했던 소
련은 미국의 달 착륙(1969)에 자
극 받아 우주정거장 개발에 나섰
으며, 1971년에 최초로 지구 궤도
를 도는 우주정거장 '살류트 1호'
를 발사했다. 1~5호까지는 연료
나 보급품 전달이 불가능한 소형
우주정거장이어서 승무원들이 오
래 머무를 수 없었고, 6호부터 비
로소 장기 체류가 가능해졌다.

쿠쿠쿵!

임청난 충격이 모두의 가슴에 폭풍우처럼 밀려들었다.

"쎄라, 그게…… 정말이야?"

하르모니아가 한참 만에 가쁜 숨을 몰아쉬며 물었다.

"쿵! 속고만 살았습니까? 생김새만 봐선 모르지만 투구를 쓰고 있
으면 금방 확인할 수 있습니다. 피스와 내가 교신할 때 후손의 뇌파
가 함께 감지되니까요."

"하지만…… 스라모트가 언제 투구를?"

"공주와 내가 처음으로 교신했을 때 쿵! 저 사람이 투구를 쓰고 있

었습니다."

아! 그때였구나. 은별과 스라모트가 번갈아 투구를 쓰며 장난칠 때…….

노빈손의 머리에 그때의 상황이 또렷하게 그려졌다. 자기가 천장에 달라붙은 채 꿍얼댔던 것도. 그리고 쎄라가 기쁜 듯이 공주에게 건넸던 말도. 쎄라는 이렇게 말했지.

―축하합니다. 투구와 후손을 모두 찾았군요.

그땐 무슨 컴퓨터가 저렇게 판단이 경솔하냐고 속으로 흉을 봤었는데, 그게 아니었던 거야.

노빈손은 그동안 쎄라가 했던 말들을 곰곰이 되짚어 보았다. 그러고 보니 쎄라는 처음부터 줄곧 후손이 있다는 걸 염두에 두고 공주와 대화를 나눈 것 같았다.

"말도 안 돼. 어떻게 스라모트가…….."

은별이 멍한 얼굴로 중얼거렸다. 어릴 때부터 한동네에서 자란 친구가 화성인의 후예라는 걸 도무지 믿지 못하는 눈치였다. 물론 당사자인 스라모트의 충격에 비할 바는 아니었지만.

"내가…… 내가 붉은 종족의 후손이라고?"

벌써 몇 번째 스라모트가 같은 말을 뇌까렸다. 모두들 말을 잃은 채 멍하니 그를 쳐다보았다. 납덩이처럼 무거운 시간이 느릿느릿 흘러갔다.

"나는……."

한참 만에 스라모트가 조용히 입을 열었다.

"붉은 종족의 후손이 맞는 것 같군."

여느 때와 다를 바 없는 차분하고 담담한 말투였다.

"하르모니아의 말대로라면 나는 예언자의 후손이 분명해. 일찍 돌아가신 아버지도, 아직 살아 계신 할아버지도 모두 서른 살이 되면서부터 눈이 멀었으니까. 지금까진 몹쓸 유전병인 줄로만 알았는데, 이제 보니 그건 우리 핏줄의 숙명이었던 거야."

흑! 은별이 눈물을 글썽이며 고개를 떨궜다.

그것 때문에 스라모트는 결혼을 망설였었지. 공항에서 서울로 가는 버스 안에서도……. 난 그런 건 전혀 상관없었는데.

"좋아! 받아들이겠어. 내가 붉은 종족의 후손이라는 걸. 그리고 거기에 걸맞는 행동을 하겠어."

"행동이라니?"

은별이 조심스레 물었다.

"다들 들었잖아? 북극의 문은 후손에 의해서만 열린다는 얘기를."

고개를 번쩍 드는 스라모트의 모습은 어느새 늠름한 인디언 전사로, 용감한 우주 비행사로 돌아와 있었다. 나아가 붉은 종족의 자랑스런 후손의 모습이기도 했다.

"피스! 북극으로 가자."

그러나 피스가 미처 방향을 틀기도 전에 뜻밖의 얘기가 스크린에서 흘러나왔다.

스카이랩은 살류트 1호에 이은 세계 2번째이자 미국의 첫 우주정거장. 1973년에 발사되어 435킬로미터 높이의 궤도에 들어섰으며, 6개월간 3번에 걸쳐 9명이 방문했고 1974년 2월에 승무원들의 임무가 종료되었다. 이후 5년 더 지구를 돌다가 고도가 떨어지면서 공기 마찰로 불타기 시작했고, 1979년 7월에 인도양에 추락했다. 하늘(sky)과 실험실(laboratory)의 합성어인 스카이랩에서는 거미가 무중력 상태에서도 줄을 친다는 흥미로운 사실이 확인되기도 했다.

"쿵! 못 갑니다."

그와 동시에 피스가 갑자기 고도를 낮추며 거친 땅 위로 덜커덩 내려앉았다.

멈춰 버린 피스

"이봐! 말 들어. 피스의 비행을 당장 허용하라고."

스라모트가 스크린을 부술 듯 사나운 기세로 고함을 질러 댔다. 하지만 쎄라의 아바타는 냉정하게 고개를 흔들며 그 요구를 거절했다.

"쿵! 몇 번을 말하나? 피스는 왕족 전용 우주선이다. 안테나 한 개만으로는 위험 지역 비행이 허용되지 않는다."

"왜? 대체 왜 그렇다는 거야?"

"마지막 한 개마저 파손되면 쿵! 교신이 불가능하기 때문이다. 그렇게 되면 왕족에게 무슨 일이 일어나는지 내가 전혀 알 수 없고 도와줄 수도 없다."

"네 도움 따윈 필요 없어. 대체 누가 그 따위 엉터리 규칙을 만든 거야?"

"날 만든 사람들이 프로그램을 그렇게 짜 놓았다. 그걸 요구한 건 쿵! 다름 아닌 왕족들이다. 스스로를 보호하기 위해서 그런 거다. 나도 어쩔 수 없다."

이익! 말을 잇지 못하는 스라모트 대신 하르모니아가 나섰다.

"쎄라! 그러지 말고 우릴 북극으로 보내 줘."

"안 됩니다. 쿵!"

"정말 방법이 없단 말야?"

"내 중앙회로에서 쿵! 북극이 현재 위험 지역이 아니라고 판단하면 됩니다. 하지만 모든 정보들을 종합해 본 결과 그런 판단은 불가능합니다. 녹색 종족도 여전히 위험하고, 아까 나타났던 우주 전함도 정체를 알 수 없습니다."

벽창호 같으니! 노빈손이 가슴을 쾅쾅 치며 끼어들었다.

"왜 못해? 딱 100번만 외워 봐. 북극은 위험하지 않다, 북극은 위험하지 않다……."

"그건 쿵! 판단이 아니라 세뇌다. 컴퓨터는 세뇌가 안 된다. 기계니까."

"그럼 어쩌라고? 위험하지 않은 곳에서 관광이나 하고 다니란 말야?"

"……."

잠시 눈을 감고 침묵하던 쎄라의 아바타가 길게 한숨을 내쉬었다.

"공주! 위험을 완전히 제거할 수 없다면 쿵! 방법은 딱 하나입니다. 지구로 가서 다른 우주선을 구해 오십시오."

"하지만 난 곧……. 안 보여? 내가 어떤

상태인지. 게다가 형제들은? 지금쯤 어두운 땅속에서 영문도 모른 채 떨고 있을 거 아냐."

"……."

"쎄라! 제발!"

"미안합니다, 공주! 나는 그럴 수 없을 것 같군요."

아아!

하르모니아가 절망스러운 신음을 토하며 눈을 질끈 감아 버렸다.

쎄라 말대로 그건 자기로서도 어쩔 수 없는 일이었다. 제아무리 인공지능이라도 설계자가 심어 놓은 금기를 벗어날 수는 없으므로. 게다가 쎄라 역시 못내 괴로워하는 중이었다. 떨리는 말투와 아바타의 슬픈 표정이 그걸 분명하게 보여주고 있었다.

쎄라의 말을 무시하고 북극으로 날아갈 수는 없을까? 그것 역시 불가능했다. 지금 피스의 엔진은 쎄라가 쏘아 보내는 강력한 방해 전파에 의해 작동이 정지되어 있으므로.

이럴 수도 저럴 수도 없는 막막한 상황! 낯선 전파가 교신을 요청해 온 건 바로 그때였다.

삐삐—. 삐삐삐삐—.

이어서 아주 낮고 굵은 목소리가 또렷하게 들려왔다.

"응답하라! 여기는 우주 전함 트퐈르크! 응답하라! 여기는……."

우주 전함이라면…… 아까 녹색 종족의 전투정들을 공격하던? 드디어 그들이 모습을 드러내는군. 대체 누군데 우릴 도와줬던 걸까?

일행의 눈과 귀가 일제히 스크린으로 쏠렸다. 잠시 후, 쎄라의 아바타가 독차지하고 있던 화면이 두 개로 나뉘면서 그중 하나에 아주 크고 붉은 거인의 모습이 떠올랐다.

"아앗! 저 모습은……."

하르모니아가 쉰 목소리로 외쳤다. 화면 속의 그 거인은 다름 아닌 붉은 종족의 옛 모습이었던 것이다. 그들이 지금처럼 작아지기 훨씬 전의 모습! 하르모니아조차 역사책이나 사진을 통해서만 볼 수 있었던 까마득한 조상들의 모습!

대체 그들이 어떻게 지금 화성에 나타난 걸까?

분명한 건, 그들은 쎄라의 예상과는 달리 위험하지 않다는 사실이었다. 후손들에게 위험을 가하는 조상이 있을 리 없으니까.

흙빛이던 일행의 얼굴에 다시 희망이 떠오르기 시작했다.

우주 전함을 빌리다

"누구시죠?"

하르모니아가 침착하게 물었다.

"나는 우주 전함 트콰르크의 함장 라로스! 그대는 누구인가?"

"화성의 공주! 붉은 종족의 왕 데르의 딸…… 하르모니아."

"데르? 그가 어느 시절의 왕인가?"

"1만 8천 년 전……."

"그럼 족보조차 따지기 힘든 후손이로군. 우리가 고향을 떠난 게 32만 년 전이었으니……."

32만 년? 그럼 대체 저 거인은 몇 살이란 말야? 기겁하는 노빈손. 하지만 적이 아니라는 건 이제 분명해졌다.

"그럼 혹시…… 옛날에 새로운 행성을 찾아 떠났던?"

하르모니아의 질문에 라로스가 껄껄 웃으며 고개를 끄덕였다.

"하하! 알고 있었는가? 그렇다. 우린 32만 년 전에 은하계 바깥으로 떠났던 탐사대원들이다. 얼마 전에 고향의 옛 환경과 비슷한 기름진 행성을 발견하고 다시 돌아오는 길이지."

"어, 어디에서?"

"우리은하 가장자리! 긴 물고기 모양의 별자리 근처에 있는 작은 은하에서."

"대마젤란은하!"

스라모트가 놀란 목소리로 외치자 은별이 물었다.

"어딘지 알아?"

"지구에서 16만 광년가량 떨어진 곳에 있는 난쟁이 은하야. 긴 물고기 모양의 별자리는 아마도 황새치자리일 테고."

저들은 워프 항법을 이용해 빛의 속도로 그곳을 오갔으리라. 그

덕분에 왕복 32만 광년이라는 기나긴 비행에도 불구하고 나이를 거의 먹지 않았겠지. 속도를 늦추거나 어딘가에 잠깐 머물렀을 때를 빼면 줄곧 시간이 정지되어 있었을 테니.

"그런데 공주는 왜 그렇게 작은가? 그리고 고향은 왜 이렇게 엉망으로 변했지? 스크린 옆에 보이는 저 닭은 또 뭐고?"

아무것도 모르는 게 당연했다. '6만 년 프로젝트'가 시작되기 훨씬 전에 화성을 떠났으니까. 우주에서 화성 뉴스가 방송될 리도 없거니와, 설령 방송된다 해도 화성에서 쏜 전파가 그들에게 닿는 데만 수십만 년이 걸리지 않겠는가.

"고향에선 6만 년 전에……."

하르모니아가 그동안 일어났던 일들을 자세히 설명했다. 간간이 신음까지 내뱉으며 힘겹게 말을 이었지만 아무도 그 말을 가로채거나 대신하려 들지 않았다. 공주로서 조상에게 예의를 갖추려는 마음을 다들 알고 있었기 때문이다.

한참 뒤, 긴 얘기가 모두 끝이 났다.

"그런 일이 있었다니! 우리가 때맞춰 오길 잘했군."

"혹시 오는 길에 녹색 종족의 전함을 못 보셨습니까?"

스라모트가 공손하게 물었다. 붉은 종족의 조상이라면 그에게도 역시 조상일 터,

대마젤란은하

대마젤란은하는 우리은하 주위를 도는 왜소은하이며 태양계에서 16만 광년 떨어져 있다. 반지름은 3만 5천 광년으로 우리은하의 20분의 1이고, 별의 개수는 10^{10}으로 우리은하의 10분의 1이다. 태양계에서 18만 광년 떨어진 소마젤란은하와 더불어 '마젤란은하'로 불린다. 대마젤란은하는 황새치자리에 걸쳐져 있는데 이 별자리는 남쪽 하늘에 있어서 한국에서는 보이지 않는다.

마음가짐이 남다른 건 너무도 당연한 일이었다.

"봤지. 아까 고리 행성을 지날 무렵에. 그들이 고향을 침략한 못된 종족이라는 건 몰랐지만."

고리 행성이라면 토성이겠지. 화성에서 멀지 않은 곳인데, 그렇다면 그들은 어디로 갔을까?

"그냥 스쳐 지나갔습니까?"

"처음엔 그럴 생각이었지만 그쪽에서 먼저 공격을 해 왔다네. 가소로운 녀석들이지."

"그럼 전투를?"

"전투는 무슨! 일종의 훈계지. 그 건달패들은 구명정을 타고 줄행랑을 쳤고, 놈들의 전함은 높고 느린 달의 그늘 속에 정박해 두었네."

"아! 그럼……."

하르모니아와 스라모트가 동시에 탄성을 내뱉었다. 높고 느린 달은 다름 아닌 데이모스! 그곳에 녹색 종족의 우주 전함이 있다면 깨어난 형제들을 거기에 태워서 지구로 가면 되는 것이다. 절체절명의 순간에 찾아온 실로 기막힌 행운이었다.

"함장님! 부탁이 있습니다."

"그대는 누군가?"

"붉은 종족 예언자의 후손 스라모트입니

우주정거장의 역사 5
ISS(국제우주정거장) ❷

ISS는 아직 완성되지 않았으며 2010년 완공을 목표로 계속 건설 중이다. 2009년 3월엔 총 16개의 거대한 태양전지판들 중 마지막 전지판이 설치되었으며, 장기 체류 인원도 3명에서 6명으로 늘어났다. 완공되고 나면 전체 길이 108미터, 무게 400톤, 모듈(목적별로 구분된 공간) 43개의 거대한 우주정거장이 된다. 아쉬운 건 ISS 건설에 참여한 16개국에 대한민국이 포함되지 않는다는 점. 아시아에서는 일본이 유일한 참가 국가다.

다."

"아! 예언자. 내 친구도 예언자였지. 눈이 멀기 전엔 함께 온 우주를 쏘다니던……. 반갑네. 그런데 무슨 부탁인가?"

"정박해 둔 우주 전함을 좀 빌려 주시겠습니까? 형제들을 지구로 태우고 갈 우주선이 필요합니다."

형제! 스라모트의 입에서 처음으로 나온 그 표현을 듣고 하르모니아가 주르르 눈물을 흘렸다.

"빌려 주면 갚겠는가?"

"예? 그, 그건……."

"하하, 농담일세. 기꺼이 빌려 주지. 어차피 우린 이제 고향에서도 살 수 없고 지구에서도 살 수 없으니 다시 작은 은하로 돌아갈 생각이네. 서운하지만 어쩔 수 없지. 훗날 그리로 한번 놀러 오게나."

"예! 꼭 가겠습니다. 우주 전함도 돌려 드릴 겸."

스라모트가 감격에 겨운 얼굴로 씩씩하게 거수경례를 붙였다. 그러고는 즉시 화면 한구석에 웅크리고 있는 쎄라의 아바타를 향해 눈길을 돌렸다.

"이봐. 너도 들었지?"

"……."

"북극은 더 이상 위험하지 않다. 트콰르크 호가 엄호하면 정찰대의 졸개들은 그림자도 내비치지 않을 테니까. 이제 피스의 비행을 허락하겠지?"

"쿵! 맘대로 해라."

쎄라가 시큰둥하게 대답하곤 곧바로 등을 돌려 버렸다. 기뻐해야
마땅한 일인데 왜 저렇게 뾰로통한 거지? 다들 의아한 표정이었지
만 토라진 이유는 알 수 없었다.

잠시 후, 쎄라의 웅얼거림이 피스의 엔진 소리 틈새로 조그맣게
들려왔다.

난 닭이 아니다, 난 닭이 아니다, 난 닭이 아니다…….

100번이 넘었는데도 이 간절한 세뇌는 좀처럼 멈추지 않고 계속
되었다.

다시 찾아온 북극점

지이잉—.

피스의 문이 열렸다. 폐허로 변해 버린 북극점! 조금 전 아찔한 위기를 겪었던 바로 그곳에서 이제 하르모니아 대신 스라모트가 형제들을 맞으러 가는 것이다.

"스라모트! 조심해."

은별이 걱정스러운 눈으로 작별을 고했다. 그를 내려놓은 뒤 피스는 곧바로 화성을 떠나 지구로 향할 예정이었다. 하르모니아의 상태가 너무나 위급했기 때문에 형제들을 기다릴 만한 시간 여유가 없었던 것이다.

5천 명이 출입구로 나온 다음 트퐈르크 호에 옮겨 타는 데 걸리는 시간은 빨라야 한 시간. 게다가 데이모스로 간 뒤엔 다시 우루루 내려서 녹색 종족의 전함으로 옮겨 타야 한다. 그 뒤에라도 빛의 속도로 날아간다면 좋겠지만 지구는 워프로 이동하기엔 거리가 너무 가까웠다. 게다가 불행히도 트퐈르크 호의 의사는 지금 대마젤란은하에 있었다.

결국 피스를 타고 조금이라도 빨리 지구

우주정거장의 역사 6
ISS(국제우주정거장) ❸

ISS에는 러시아의 〈소유스 호〉와 미국의 우주왕복선 3대 〈디스커버리 호〉, 〈아틀란티스 호〉, 〈엔데버 호〉가 세계 각국의 우주인들을 싣고 끊임없이 오간다. 장기 체류 인원은 최대 6명이지만 잠깐씩 머무르는 사람들까지 합치면 인원은 더 많아진다. 2009년 7월 〈엔데버 호〉가 도킹했을 때는 13명이 동시에 머물렀으며, 이는 우주정거장 역사상 가장 많은 숫자다.

의 병원으로 가는 게 최선이라는 결론이었다. 그렇더라도 하르모니아가 되살아날 가능성은 화성의 공기만큼이나 희박한 것이었지만.

"은별! 빈손! 하르모니아를 잘 부탁해."

"헉헉, 스라모트! 내 걱정은 말고 부디 형제들을……."

고통을 참으며 미소를 보내는 하르모니아의 모습은 슬프고 눈물겨웠다. 저 착한 공주를 다시 만날 수 있을까……. 스라모트는 눈물이 왈칵 쏟아질 것 같았지만 꾹꾹 눌러 참기로 했다. 지금 하르모니아가 보고 싶어하는 모습은 그런 게 아닐 테니까.

"지구에서 만나자! 그럼 이만!"

투구를 움켜쥔 채 뛰어나가려는 스라모트를 노빈손이 별안간 불러 세웠다.

"잠깐만요."

"왜, 또?"

거울 보여주려고? 못마땅한 기색이 역력한 스라모트에게 노빈손이 뒤통수를 긁적이며 말했다.

"나 그거 한 번만 써 보면 안 될까요? 투구 말이에요."

노빈손은 지금껏 한 번도 붉은 종족의 투구를 써 보지 않았다. 고 박사의 방에서도, 우주선 안에서도, 그리고 화성에서도. 이제 저 투구도 곧 빛을 잃고 평범한 쇳덩이로

우주정거장은 우주의 실험실
무중력(무중량) 상태인 우주정거장에서는 사람뿐 아니라 물체들도 모두 무게가 없어진다. 지구 중력의 100만 분의 1 정도의 희미한 중력('미세중력' 또는 '미소중력'이라고도 부른다) 상태가 되므로 지구에서는 불가능한 다양한 실험들이 가능해진다. 이소연 박사는 아이디어 공모를 통해 선정된 18종의 실험(기초과학 실험 13종, 교육용 실험 5종)을 진행했다.

바뀐다고 생각하니 왠지 아쉬운 마음이 들었던 것이다.

"참 싱거운 친구로군."

스라모트가 투덜대며 투구를 건네주었다.

조심스레 투구를 받아들고 거울 앞으로 간 뒤, 노빈손은 정성껏 머리카락을 빗고 투구를 눌러썼다. 쎄라 말대로 머리가 커서 그리 쉽게 들어가진 않았지만 그렇다고 불가능한 도전은 아니었다.

꾹꾹! 꾸우욱!

끈질긴 노력 끝에 마침내 붉은 종족의 투구가 노빈손의 머리통을 절반쯤 받아들였다.

"으하하하! 봤지? 한 번에 들어가는 거."

투구에 노빈손의 머리가 들어가는 순간, 아까부터 웅얼거리던 쎄라의 목소리도 동시에 쏙 들어갔다. 닭 볏이 잠깐 동안 파르르 떨렸지만 그걸 알아차린 사람은 아무도 없었다.

잠시 후.

스라모트가 북극의 얼음 위에 내려섰다.

그리고 그를 내려놓은 피스가 허공을 크게 한 바퀴 선회한 뒤 수직으로 솟구쳐 올랐다.

지구는 7천만 킬로미터 떨어진 곳에 있었다.

죽음으로 깨운 형제들

우르르릉—.

천지를 뒤흔드는 굉음과 함께 북극점 한가운데가 조금씩 갈라졌다. 헬멧 위에 얹힌 투구에서도 차츰 은빛 광채가 사위어 갔다. 마침내 1만 8천 년간 굳게 닫혀 있던 동굴의 입구가 열리기 시작한 것이다. 붉은 종족 5천 형제들이 긴 겨울잠을 잤던 동굴이.

"오! 드디어……."

벅찬 가슴을 쓸어내리며 입구를 뚫어져라 바라보는 스라모트의 머리 위엔 우주 전함 트퐈르크 호가 거대한 그늘을 드리운 채 떠 있었다. 라로스 함장과 부하들 역시 흐뭇한 미소를 띤 채 발밑의 광경을 묵묵히 지켜보았다.

그 순간.

어지럽게 흩어져 있던 녹색 종족 전투정들의 잔해 속에서 뭔가가 꿈틀 움직였다. 오랫동안 바라보지 않으면 눈치채기 힘들만큼 작고 미세한 움직임! 그건 손이었다. 느릿느릿, 그러나 집요하게 움직이는 그 손의 주인은 다름 아닌 정찰대장이었다.

피스의 공격을 받고 중상을 입었던 그는 황급히 달려온 졸개들에 의해 구사일생으

우주의 물방울 쇼와 우주펜

이소연 박사가 했던 '무중력 실험' 중엔 재미있는 것들도 많다. 주사기로 허공에 물을 내보내 '물 덩어리(물공?)'를 만든 다음 그 중심부에 공기를 밀어 넣어 빈 공간을 만든 뒤 거기에 새로운 물공을 만드는 '물방울 쇼', 볼펜심 뒤에 바람을 넣은 풍선을 달고 그 압력으로 잉크를 아래쪽으로 내려 보내는 우주펜 실험 등등. 여러분도 나중에 우주인이 되면 더 재미있는 실험들을 할 수 있겠지?

로 구출되었다. 그리고 조금 전에는 부상을 무릅쓴 채 전투정을 몰고 왔다가 트퐈르크 호에 의해 또다시 격추되었다. 그런데도 여전히 꿈틀거리며 누군가를 말없이 노리고 있는 것이다.

비록 지구에선 굼벵이 취급을 받았지만 그는 전사였다. 달아나지 않고 트퐈르크 호에 맞섰던 유일한 전투정! 두려움을 모르는 이 베테랑 전사의 눈길이 닿는 곳에 서 있다는 건 커다란 불운이다. 그리고 오늘, 그 불운의 주인공은 지구에서 온 붉은 종족의 후손 스라모트였다.

철컥!

정찰대장의 상처투성이 손에 레이저 총이 쥐어졌다. 잠시 숨을 가다듬은 뒤, 그는 제 삶의 마지막 먹잇감을 향해 천천히 방아쇠를 당겼다.

푸슝—!

광선은 정확하게 목표물에 적중했고 그는 비로소 만족스럽게 웃으며 천천히 고개를 떨구었다.

털썩.

스라모트의 몸뚱이가 얼음 위에 맥없이 쓰러졌다. 뒤이어 트퐈르크 호에서 발사된 수십 줄기의 레이저 빔이 정찰대장 주위를 순식간에 초토화시켰다. 하지만 그땐 이미 그가 섬뜩한 웃음을 머금은 채 숨을 거둔 다음이었다.

"으음……."

고통스러운 신음과 함께 스라모트가 천천히 눈을 떴다. 유령처럼 흐릿하게 허공에 떠 있는 것은 라로스 함장의 얼굴이었다. 뒤이어 근심스럽게 쳐다보고 있는 다른 부하들의 얼굴들이 하나둘씩 시야에 들어왔다.

"스라모트! 괜찮은가?"

"아뇨."

괜찮을 리가 있나요……, 라고 말하려다 말고 스라모트는 희미하게 미소를 지었다. 하하, 나도 모르게 빈손의 말투를 배운 모양이군.

참 재미있는 친구였는데.

"함장님, 부탁이 있습니다."

"얘기하게."

"할아버지에게 전해 주십시오. 산이 싫거나 할아버지가 싫어서 떠난 게 아니었다고. 눈이 멀기 전에 조금이라도 더 넓은 세상을 보고 싶었다고. 우주 비행사가 된 것도 광대한 우주를 가슴에 담고 싶어서였다고. 하지만 떠난 다음 날부터 곧바로 할아버지가 그리웠다고……. 그리고 나의 충견 울라도……."

"전해 드리겠네."

"그리고 은별에겐…… 그동안 고마웠고 너무 많이 사랑했었다고. 고 박사님의 완쾌를 바란다고."

"그것도 전하겠네."

"빈손에게는 만나서 즐거웠다고 전해 주십시오. 아, 말숙 양에게도 똑같이요."

끄덕!

"하르모니아에겐……. 아, 아닙니다. 공주에겐 제가 직접 말해도 되겠네요."

하늘나라에서! 하지만 스라모트는 그 얘긴 입 밖으로 꺼내지 않았다. 어쩌면 곧바로 만나지 못할 수도 있으니까. 아니, 늦게 만날수록 더 좋은 일일 테니까.

라로스 함장이 말없이 고개를 끄덕였다.

우주정거장엔 최첨단 전자 장비들이 가득하니까 컴퓨터도 당연히 최고 성능의 '수퍼컴퓨터'일 것 같지만 그렇지 않다. ISS의 컴퓨터는 1990년대의 느려 터진 것들이고, 우주왕복선 컴퓨터는 1980년대의 구닥다리다. 〈소유스 호〉엔 심지어 1970년대의 골동품 컴퓨터도 있다. 발사나 귀환, 궤도 비행 중 높은 열과 압력을 수시로 겪기 때문에 오래되었어도 안정적인 기계가 더 좋다는 것. 그래도 느린 건 싫기 때문에 우주인들은 다들 노트북을 갖고 다닌다고 한다.

오랫동안 전함을 지휘하며 우주를 누벼 온 함장답게 그의 표정엔 아무런 흔들림이 없었다. 그러나 스라모트는 제 손을 꽉 쥐고 있는 그의 손이 심하게 떨리는 걸 충분히 느낄 수 있었다.

"형제들을…… 부디 무사히 지구로……"

그 말을 마지막으로 스라모트는 조용히 눈을 감았다.

낯설고 머나먼 행성! 그러나 그의 핏줄 속에 흐르는 지혜와 용기의 뿌리였을 행성!

기나긴 겨울잠을 끝낸 형제들이 이제 막 수런거리며 깨어나는 곳! 지구의 이웃이며 태양계의 가족인 붉은 별 화성에서.

그 시각, 멀리 지구의 애팔래치아 산맥에서는 눈먼 노인이 조용히 손을 모은 채 손자의 넋을 위로하고 있었다. 털이 부드러운 하얀 개 울라도 함께였다.

우주인? 외계인?

우주인은 우주로 나간 인간을 뜻한다. 우주 비행사건 우주선 주방장이건 우주에 갔으면 모두 우주인이며 영어로는 애스트로넛(astronaut), 러시아어로는 코즈모넛(cosmonaut)이라 부른다. 외계인은 지구 아닌 다른 행성에서 온 사람이며 영어로는 '에일리언(alien)' 또는 'ET(extra-terrestrial)'다. 간혹 외계인과 우주인을 혼동하는 사람들이 있는데, 둘은 고향이 서로 다르다.

잠시 후.

북극의 문을 나선 붉은 종족들은 매우 기묘하고 인상적인 풍경을 보았다. 커다란 한 남자가 훨씬 더 큰 남자의 품에 안긴 채 석양 속에서 조용히 잠든 모습을.

두 사람이 34만 년 전의 조상과 1만 8천 년 뒤의 후손임을 알았을 때 그들은 모두 놀랐다. 천근 같던 얼음 빗장을 풀고 투구와 함께 스러진 후손의 주검 앞에서 그들은 아이처럼 엉엉 울었다. 누더기가 되어 버린 스라모트의 우주복에 꽃 잎처럼 눈물이 흩뿌려졌다.

그 옛날 투구를 들고 떠났던 예언자의 약속은 이렇게 해서 지켜졌다. 그 투구를 쓰고 돌아온 후손의 장렬한 죽음에 의해.

우우웅ㅡ.

우주 전함 트퐈르크 호가 5천 명의 승객들을 싣고 데이모스를 향해 날아갔다.

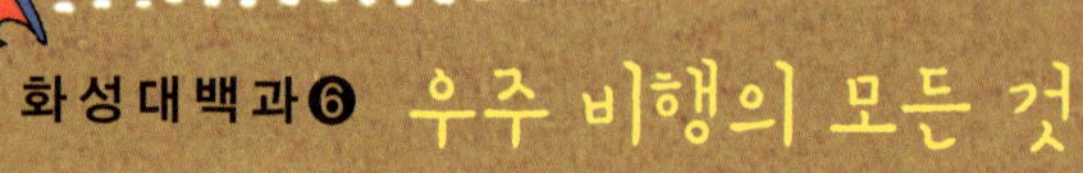

인류는 많은 것들을 우주로 쏘아 올렸다. 수많은 인공위성들, 국제우주정거장(ISS), 허블우주망원경 등이 이 시간에도 지구 주위를 돌고 있다. 러시아의 〈소유스 호〉와 미국의 우주왕복선이 우주정거장을 수시로 오간다. 지구 밖 다른 행성들을 향해 날아간 탐사선들도 수십 대를 헤아린다. 그것들은 어떻게 지구를 떠나 우주로 날아갔을까? 우주발사체(로켓+우주선)의 출발과 비행, 착륙에 대해 알아보자.

버리면서 날아간다! 로켓 분리

발사를 앞둔 우주발사체의 무게는 수만~수십만 킬로그램에 이른다. 그 대부분은 연료가 가득 실린 로켓의 무게이며, 우주선(인공위성, 탐사선 등) 본체는 생각보다 훨씬 작고 가볍다.

지구의 중력을 떨치고 솟구치려면 많은 연료가 필요하다. 그런데 연료 때문에 전체 무게가 늘어나면 그로 인해 더 많은 연료가 필요해진다. 이 골치 아픈 문제를 해결해 주는 게 바로 '다단계 로켓'. 연

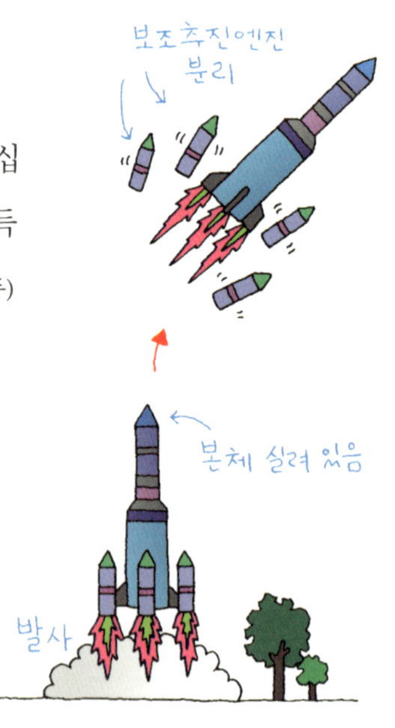

료를 다 쓴 로켓들을 차례로 떼어 냄으로써 무게를 줄이고 속도를 높이는 방법이다.

낮은 곳에서 분리된 보조 추진 로켓이나 1단 로켓은 바다로 떨어져 고철 신세가 된다. 하지만 미국 우주왕복선의 보조 추진 로켓은 낙하산을 매달고 떨어진 다음 알뜰하게 재활용된다. 높은 곳에서 분리된 2, 3단 로켓과 본체 덮개는 떨어지는 도중에 공기와 마찰을 일으켜 공중에서 몽땅 타 버린다.

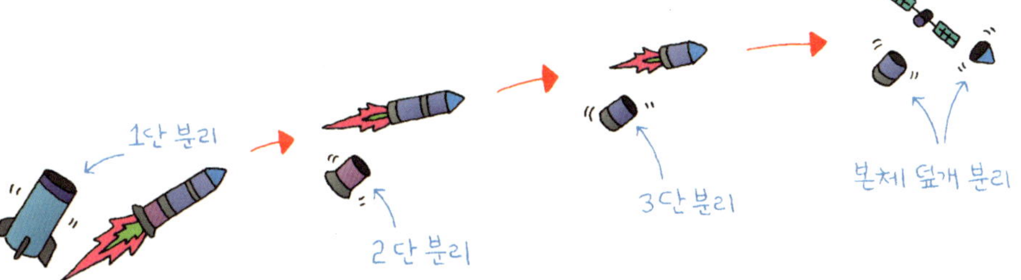

로켓 분리 뒤엔? 태양이 있다!

제 역할을 다한 로켓들과 본체 덮개가 분리되고 나면 남는 건 우주선의 본체뿐이다. 그때부터는 어떻게들 움직일까?

인공위성은 로켓의 힘을 빌어 궤도에 들어선 뒤부터는 비행용 연료가 필요 없다. 탐사선 역시 공기 저항이나 중력의 방해가 없는 우주 공간에선 연료 없이도 속도가 계속 유지된다. 하지만 지구와의 교신, 사진 촬영 및 전송을 위한 에너지는 계속 필요한데, 그걸 제공해 주는 건 다름 아닌 태양이다.

　인공위성은 태양열 전지판을 활짝 펴고 궤도를 돈다. 우주정거장도 거대한 전지판을 날개처럼 활짝 벌리고 있다. 탐사선들 역시 항해할 때나 행성 주위를 돌 때 여러 개의 태양열 전지판을 펼친 채 태양의 힘을 빌어 우주 공간을 누빈다.

　그렇다고 인공위성이나 탐사선에 연료가 한 방울도 없는 건 아니다. 인공위성 본체엔 약간의 액체 연료가 실려 있다. 태양풍(태양에서 초속 수백 킬로미터로 불어오는, 전기를 띤 입자들의 흐름)에 의해 미세하게 틀어지는 궤도를 연료 분사를 이용하여 그때그때 바로잡기 위해서다. 탐사선 역시 항로 변경이 필요할 땐 본체에 실린 액체 연료를 이용하여 방향과 속도를 조절한다.

　화성보다 더 멀리 가는 탐사선들은 태양 에너지를 아주 적게 받고 항해 기간도 길기 때문에 더 강한 에너지가 필요하다. 태양계를 탐사한 〈파이어니어 호〉와 〈보이저 호〉, 목성 탐사선 〈갈릴레이 호〉, 토성 탐사선 〈카시니 호〉 등은 태양열 대신 핵 전지를 이용했다.

화성으로 가는 우주의 길 - 호만궤도

만일 화성 탐사 우주선에 네비게이션이 있다면 길 안내를 어떻게 할까? 똑똑한 기계라면 다음 페이지의 그림처럼 지구 공전 궤도와 화성 공전 궤도를 연결하는 타원형 코스를 일러 줄 것이다. 거리는 멀지만 대신 연료가 제일 적게 들기 때문. 1925년에 독일의 호만 박사가 제시한 이 항로를 '호만궤도'라 부른다. 이것은 화성뿐 아니라 모든 행성에 두루 적용되는 항해법이다.

호만궤도로 화성까지 가는 데 필요한 속도는 무려 초속 32.73킬로미터. 그 속도로 지구를 벗어나려면 거의 남산 크기의 연료 탱크가 필요할 것 같은데 오히려 연료가 제일 적게 드는 이유는? 간단하다. 우주선의 속도를 높여 주는 비장의 무기가 있기 때문이다. 그것은 다름 아닌 지구의 공전!

지구는 초속 30킬로미터라는 맹렬한 속도로 태양 주위를 돌고 있다. 그건 지구 중력장에 속한 모든 물체들이 같은 속도를 갖고 있다는 뜻이다. 달도, 인공위성도, 참새도, 심지어 누워서 이 책을 보고 있는 여러분도 태양에서 볼 때는 모두 초속 30킬로미터로 움직이고 있다는 얘기다.(못 느끼는 게 얼마나 다행인지!)

달리는 자동차에서 주행 방향으로 공을 던지면 그 공엔 자동차의 속도가 얹힌다. 자동차가 시속 100킬로미터고 공이 시속 10킬로미터라면 공의 실제 속도는 110킬로미터가 된다는 뜻.

우주선도 마찬가지. 지구 공전 방향과 같은 방향으로 튀어 나가면 로켓에 의한 속도 외에 지구 공전 속도인 초속 30킬로미터를 덤으로 얻게 된다. 그러므로 지구를 벗어날 때 조금만 가속해 주면 호만궤도 진입에 필요한 초속 32.73킬로미터에 쉽게 이를 수 있다.(만일 공전 반대 방향으로 튀어 나가며 그 속도를 내려면 아마 히말라야 크기의 연료 탱크가 필요할 거다!)

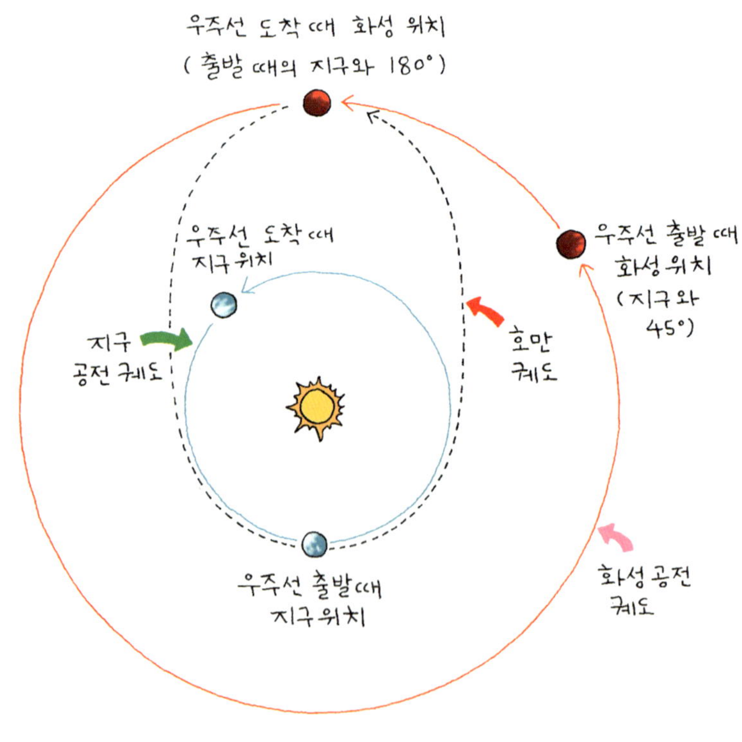

지구 — 화성 호만궤도

　이처럼 필요한 속도의 대부분을 연료가 아닌 지구 공전에서 얻기 때문에 호만궤도를 '최소 에너지 궤도'라고도 부른다. 호만궤도로 화성까지 가는 데는 약 260일이 걸리며 대부분의 화성 탐사선들이 이 궤도를 이용했다.

행성들이 주유소가 된다-스윙바이

　화성처럼 가까운 행성은 호만궤도가 가장 효율적이지만 그보다 먼 행성으로 갈 땐 시간이 너무 많이 걸린다는 단점이 있다. 호만궤도로 목성까지는 약 2년 9개월, 토성까지는 6년, 천왕성은 16년, 해왕성은 무려 30년이 걸린다.

　하지만 인류는 이 문제도 현명하게 해결해 냈다. 1961년에 미국의 천재 대학원생 마이클 미노비치가 고안해 낸 '스윙바이(swingby)' 항법이 바로 그것. 행성의 중력을 이용해서 우주선의 속도를 높이는 기발한 방법이다.

　우주선을 어떤 행성에 가까이 접근시키면 중력에 이끌려 접근하면서 속도가 빨라진다. 그런 다음 살짝 방향을 틀어 그 행성을 스치듯 지나치면 가속과 방향 전환이 손쉽게 이루어진다. 이걸 여러 행성에서 되풀이하면 나중엔 엄청 빠른 속도로 태양계 탐사를 할 수 있다. 쉽게 말해서, 태양계 각 행성들을 우주선의 주유소로 활용하는 방법이다.

　1972년에 발사된 〈파이어니어 10호〉는 목성의 중력을 이용해 속도를 높인 덕분에 지구 출발 때보다 2.5배나 빨라진 채 태양계를 벗어났다.

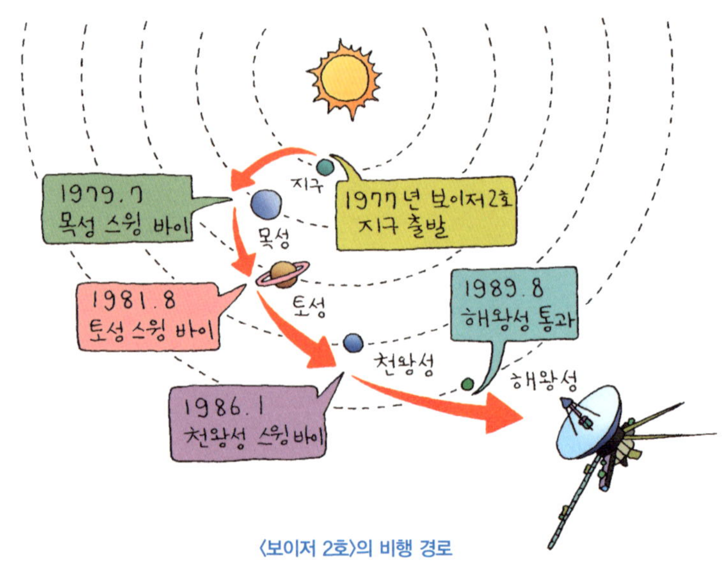

〈보이저 2호〉의 비행 경로

1977년에 발사된 〈보이저 2호〉는 목성을 1년 11개월, 토성을 4년, 천왕성을 8년 반, 해왕성을 12년 만에 통과하여 태양계 밖으로 나갔다. 해왕성까지 가는 데 걸린 시간이 호만궤도의 절반도 채 안 된다. 행성은 최고의 주유소! 중력은 최고의 연료! 바로 이게 스윙바이의 매력이다.

화성으로 가는 '우주의 창문'

화성으로 가는 호만궤도는 아무 때나 이용 가능한 게 아니다. 우주선이 출발할 때 지구—화성의 각도가 약 45도가 되어야 하기 때문. 지구와 화성의 회합 주기가 780일이므로 이런 각도를 이루는 것도 780일에 한 번뿐이다.

이처럼 어떤 행성으로 가기 위해 가장 적절한 때를 가리켜 '발사 창문 (Launching Window)' 또는 '우주의 창문'이라 부른다. 화성으로 가는 창문은 780일에 한 번 열리며, 이때를 놓치면 다시 그만큼을 기다려야 한다.

다음은 최근 10여 년간 지구―화성 사이의 창문이 열렸던 시기와 그 무렵에 발사되었던 우주선들이다.

창문이 열린 시기	화성으로 발사된 우주선
1996. 11~12	〈마스 글로벌 서베이어〉, 〈마스 패스파인더〉
1998. 12~ 1999. 1	〈마스 클라이미트 오비터〉
2001. 3	〈마스 오디세이〉
2003. 6~7	〈스피릿〉, 〈오퍼튜니티〉
2005. 8	〈마스 리커니슨스 오비터〉
2007. 10	〈피닉스〉
2009. 12(예정)	

우주에서 빛나는 두 개의 깃발

우주는 여전히 고요했다. 늠름하게 빛나듯 태양도 어둠 속에 총총한 별들도 그대로였다.

꺼져 가는 건 오직 하나, 작은 소녀의 생명뿐이었다. 지구인의 지혜로도 화성 컴퓨터의 지식으로도 잦아드는 생명만은 되살릴 수 없었다.

"헉헉…… 빈손!"

힘겹게 이어지는 숨결 사이로 하르모니아의 가녀린 목소리가 새어 나왔다.

"함께해서 즐거웠어요. 그리고…… 고마웠어요. 잊지 않을게요. 빈손의 이웃 사랑을."

노빈손이 뭔가 말하려 했지만 치밀어 오르는 슬픔 때문에 입을 열 수가 없었다. 그저 입술을 깨물며 힘겹게 고개를 주억거릴 뿐이었다.

"은별 언니! 처음 봤을 때부터 왠지 따뜻하게 느껴졌었는데…… 이젠 이별이네요."

"흑! 하르모니아……."

은별이 끝내 참지 못하고 울음을 터뜨렸다. 스크린에선 쎄라의 아바타가 닭똥 같은

최초의 우주인! 유리 가가린

1961년 4월, 소련의 우주 비행사 유리 가가린이 〈보스토크 1호〉를 타고 우주로 나가 지구를 한 바퀴 돈 뒤 1시간 30분 만에 귀환했다. 역사에 길이 남을 최초의 우주인이 된 그는 돌아온 뒤 "지구는 푸른빛이었다"라는 유명한 말을 남겼다. 초속 2만 8천 킬로미터라는 초고속의 무중력 상태에서 인간이 생존할 수 있음을 최초로 입증한 그는 1968년 3월 비행기 추락 사고로 목숨을 잃었다.

눈물을 뚝뚝 흘리며 공주의 마지막 순간을 지켜보고 있었다.

"쎄라! 헉헉……. 형제들은 어떻게 됐어? 무사히 나왔어?"

"나왔습니다. 크응! 한 명도 빠짐없이 모두 나왔습니다. 지금 데이모스로 가는 중입니다."

"아아! 다행이야. 스라모트도 물론 무사하겠지?"

"크응! 그게 좀……."

말끝을 흐리는 쎄라. 은별이 놀란 눈으로 벌떡 일어나며 황급히 물었다.

"왜 그래? 스라모트가 다치기라도 한 거야?"

"그게 아니라…… 크으응!"

휘청!

설마 그가?

"정찰대장 총에 그만…… 크으으응!"

아아! 은별이 힘없이 바닥으로 무너져 내렸다. 더 이상 듣지 않아도 어떤 일이 일어났는지 충분히 짐작할 수 있었던 것이다.

왜! 분명히 지구에서 다시 만나기로 해 놓고 도대체 왜!

이번에 만나면 꼭 말하려 했는데. 내가 평생토록 네 눈이 되어 주겠다고. 그런데 그럴 기회조차 주지 않고 훌쩍 가 버리다니…….

넋 잃은 사람처럼 멍하니 허공을 더듬는 은별에게 쎄라가 조심스레 말했다.

"쿵! 괴롭겠지만…… 화면으로라도…….."

스크린에 트퐈르크 호가 떠오르는 순간, 실내는 기어이 울음바다가 되었다. 달을 향해 날아가는 우주 전함의 앞머리에 커다란 깃발 하나가 쓸쓸하게 걸려 있었던 것이다. 흐릿한 달빛에 비친 하얀 깃발은 우주로 날아오르는 스라모트의 영혼처럼 보였다.

"은별 언니."

하르모니아가 바닥난 기운을 짜내어 은별을 불렀다.

"……울지 말아요."

그러자 은별이 젖은 눈으로 고개를 끄덕였다.

"그래, 울지 않을게. 네가 화성의 공주로서 최선을 다했듯 그도 붉은 종족의 후손으로서 최선을 다한 거야. 나는 그가 자랑스러워. 명예롭게 떠난 그가."

스라모트의 죽음이 명예로웠다는 건 바뀐 화면에서 곧바로 확인되었다. 트퐈르크 호의 강당에서 치러지는 우주 장례식! 함장과 부하들과 5천 형제들이 용사의 주검을 향해 엄숙하게 마지막 경례를 보냈다. 그가 라로스 함장에게 가르쳐 준 지구의 거수경례였다.

척! 척!

피스에서도 그들과 함께했다. 노빈손과 은별은 경건하게 서서, 하르모니아는 누운 채로. 쎄라의 아바타 역시 오른쪽 날개를 눈가에 올려붙였다.

라로스 함장이 화면에 나타나 스라모트의 유언을 벗들에게 전했다. 그리고 트퐈르크 호가 붉은 종족들을 나눠 태우고 지구까지 함께 갈 거라고 말했다.

"감사합니다, 함장님."

하르모니아가 눈물을 글썽였다. 지구로 향하는 형제들에게 트쾨르크 호는 더없이 든든한 호위병이 될 것이었다.

"우주 전사 스라모트가 내게 부탁했네. 형제들을 무사히 지구로! 그게 그의 마지막 말이었다네."

"아!"

"우린 두 대의 전함을 아울러 '스라모트 함대'라 부르기로 했네. 그러니까 이제부턴 트쾨르크 호가 아니고 스라모트 1호일세."

이번엔 은별의 눈에 눈물이 고였다.

축하해, 스라모트! 넌 이제 인디언 전사가 아냐. 우주 전사야.

네 빛나는 이름은 우주에서 영원할 거야.

눈물을 닦고 빙그레 웃은 다음, 은별은 정성껏 깃발을 만들었다. 이제 곧 피스의 앞머리에 달아야 할 또 하나의 하얀 깃발을.

그로부터 몇 분 뒤, 하르모니아도 숨을 거두었다.

마지막까지 스라모트 함대의 항해를 지켜보며 형제들의 안녕을 기원하던 공주가 눈을 감는 순간에 떠올린 것은 한 마리의 개였다.

하르모니아를 유난히 따랐던 개.

그러나 텅 빈 행성에 홀로 둘 수 없어 어쩔 수 없이 지구로 떠나보냈던 그리운 개.

털이 부드러운 그 개의 이름은 울라였다.

쎄라의 독백

공주!

겨우 몇 분이 지났을 뿐인데도 벌써 공주가 그립습니다.

하늘로 가는 길은 편안한가요? 나는 컴퓨터라서 잘 모르지만, 당신들은 누군가 죽으면 영혼이 하늘나라로 간다고 믿지요. 내가 아는 하늘이란 단지 태양풍이 불어오고 운석과 우주 쓰레기들이 돌아다니는 텅 빈 공간일 뿐인데…….

그래도 공주가 가고 있다고 생각하니 그 길이 편하고 상쾌하면 좋겠습니다.

공주!

오래전 그날이 떠오릅니다. 공주가 태어나던 날, 왕과 왕비와 붉은 종족의 모든 형제분들이 기쁨의 노래를 불렀지요.

사실 그날은 내 생일이기도 했습니다. 우리 둘이 생일이 같다는 건 아마 공주도 미처 몰랐을걸요?

나는 공주보다 훨씬 일찍 만들어졌지요. 그러나 당시 화성의 환경이 너무나 나빴기 때문에 새로 태어나는 아기가 한 명도 없었습니다. 그러다가 공주가 태어난 거죠. 공

최초의 우주 동물, 라이카

1957년 11월, 소련의 무인위성 〈스푸트니크 2호〉에 실린 '라이카'라는 개가 우주 공간에 도착함으로써 사상 첫 우주 동물이 되었다. 유리 가가린보다 4년이나 일찍 우주로 갔던 라이카는 1천600킬로미터 상공에서 제 몸과 연결된 기기들을 통해 계속 생명 신호를 보내왔으며, 1주일 뒤 독이 든 마지막 식사를 하고 편안히 숨을 거둔 걸로 알려졌다. 2002년까지는 모두들 그렇게 알고 있었다. 그러나…….

주는 내가 처음으로 본 예쁜 아기였습니다.

날 처음 봤을 때 공주는 까르르 웃었지요. 걸음마를 하면서부터는 내 등에 올라타려고 아장아장 다가오기도 했었고요. 손으로 만질 수 없는 홀로그램이라고 아무리 일러 줘도 막무가내! 그때 난 공주가 바보인 줄 알았습니다. 아기들은 다 그렇다는 걸 내가 알았나요?

공주가 잠들어 있던 1만 8천 년 동안 나는 아주 외로웠습니다. 지구와의 교신이 끊긴 뒤엔 더더욱 그랬고요. 탐사 로봇들에게 장난도 쳐 보고 우주 공간으로 하릴없이 전파도 띄워 보았지만 내게 말을 걸거나 응답하는 건 아무것도 없었죠.

공주가 깨어났을 때는 얼마나 반가웠는지 모릅니다. 내게는 신경도 안 쓰고 뇌파 기록만 들여다볼 때는 좀 서운하기도 했지만, 수고했다는 말 한마디에 모든 게 스르르 녹아 버렸습니다.

그토록 소중했던 공주인데 허무하게 떠나 버리다니요…….

공주!

트퐈르크 호가 원망스럽습니다. 조금만 일찍 왔더라면 공주의 불행을 막을 수 있었을 텐데. 그리고 북극이 열릴 때 긴장을 늦추지 않았더라면 스라모트가 죽지도 않았을 텐데.

지구 친구들을 만난 건 즐거운 경험이었습니다.

라이카의 진실

2002년에 새로이 드러난 진실은 완전 딴판이었다. 라이카는 발사 순간 진동과 굉음으로 인해 발버둥치면서 심장 박동 수가 3배나 치솟았고, 40도가 넘게 달궈진 뜨거운 실내에서 괴로워하다가 5시간 만에 생명 신호가 끊겼다는 것. 모스크바의 골목을 떠돌던 유기견 라이카는 그렇게 죽어 갔고, 〈스푸트니크 2호〉는 이듬해 8월 대기권으로 들어서다가 불에 타서 흔적도 없이 사라져 버렸다.

스라모트가 붉은 종족의 후손이라는 건 투구 덕분에 알았지만, 투구가 아니어도 알아볼 수 있었을지 모릅니다. 얼굴 때문에요. 공주는 모르겠지만, 그는 화성의 첫 번째 예언자와 많이 닮았습니다. 내 기억 장치엔 옛 족장들과 예언자들의 모습이 모두 담겨 있거든요.

빈손 역시 그렇습니다. 그가 투구에 머리를 밀어 넣기 전까지는 나도 몰랐지요. 후손이라는 걸.

하지만 막상 알고 나서 요리조리 뜯어보니 그도 누군가를 슬쩍 닮았더군요. 공주가 태어나기 얼마 전에 세상을 떠난 족장 노스니브! 큼지막한 머리통이 반짝반짝 빛났던 그는 붉은 종족의 존경을 한 몸에 받던 용감한 족장이었습니다.

그는 또한 내 '쿵' 소리의 임자이기도 합니다. 내게 목소리를 심어 준 감기 환자가 바로 그분이었거든요. 크크크!

하지만 난 빈손이 후손임을 알리지 않았습니다. 물론 스라모트가 북극의 문을 여는 데 실패했다면 곧바로 알렸겠지만 다행히 문이 열리고 형제분들이 나왔으니……. 이제 그들이 모두 지구로 가게 된 마당에 굳이 후손임을 밝힐 필요는 없지 않겠습니까? 갑자기 조상들이 5천 명이나 생기면 그것도 꽤 골치 아픈 일일 테니까요.

어차피 빈손은 지구에서 형제분들을 성심껏 돕지 않겠습니까? 후손이라서 돕는 것보다는 지구인이면서도 이웃 행성 사람들을 돕는 게 더 아름다운 일이기도 하고요.

그래도 지구에 붉은 종족의 후손이 남아 있다고 생각하니 흐뭇하고 든든하기는 합니다.

빈손에겐 공주가 갖고 있던 소중한 기억 하나를 심어 놓겠습니다. 가족과 형제들을 빼고 공주가 가장 사랑스러워했던 것의 이름을! 공주의 친구 빈손을 통해 그 이름이 계속 이어지길 바라는 뜻에서요. 그것도 빈손이 지닌 붉은 종족의 뇌파 덕분에 가능한 일이지요.

공주!

이제 내가 할 일도 거의 다 끝나 갑니다. 지금 나는 조용히 그 순간을 기다리고 있습니다.

모든 게 끝나고 나면 이 넓디넓은 우주에서 날 기억해 주는 이가 있을까요? 내 이름을, 내 아바타의 모습을, 1만 8천 년 동안의 그 외로움과 간절함을…….

그런 생각을 하니 공주가 더욱 그리워집니다.

아아! 컴퓨터에게도 영혼이라는 게 있으면 좋겠네요.

그리운 얼굴들을 다시 만날 수 있도록.

공주!

은별이 날 바라보네요. 뭔가 할 말이 있나 봅니다.

안녕히…….

고 박사를 치료하는 비법

"쎄라. 부탁이 있어."

　한참 동안의 침묵을 깨고 은별이 쎄라를 불렀다. 병든 닭처럼 넋을 놓은 채 멍하니 생각에 잠겨 있던 쎄라의 아바타가 힘없이 눈길을 돌렸다.

"쿵! 얘기해라, 은별."

"우리 아빠를…… 고칠 방법이 없을까?"

"거꾸로 된 거 같다. 쿵! 원래는 사람이 기계를 고치는 거다."

후훗!

쎄라의 썰렁한 대답에 은별이 희미하게나마 미소를 되찾았다. 그러고는 고 박사에 대한 얘기를 조곤조곤 쎄라에게 전했다. 쎄라의 눈이 동그랗게 변했다가 점점 가늘어지더니 나중엔 사팔뜨기로 바뀌었다. 세상에 그런 어이없는 일이!

"쿵! 정말 황당하다. 그분 박사 맞나? 멀쩡한 뇌에 전기를 흘리다니……."

"그 방법이 성공할 가능성은 전혀 없는 거였어?"

"물론이다. 붉은 종족의 뇌파가 없으면 쿵! 투구를 100개 쓰고 100만 볼트의 전기를 흘려도 아무 소용없다. 차라리 후손을 한 명 찾는 게 빨랐을 거다."

그러자 노빈손이 대뜸 도끼눈을 하며 화면을 노려보았다.

"후손을 어떻게 찾아? 후손들도 자기가

최초의 우주 유영, 레오노프
1965년 3월, 〈보스토크 2호〉에 타고 있던 소련의 알렉세이 레오노프가 12분 동안의 우주 유영에 최초로 성공했다. 하지만 첫 5분을 제외한 나머지는 우아한 유영이 아닌 치열한 사투의 시간. 기압 차이로 인해 우주복이 부풀어 오르면서 우주선 안으로 들어갈 수 없는 상황이 되었던 것이다. 밸브를 풀어 우주복의 공기를 빼낸 뒤 겨우 들어가긴 했지만, 자칫하면 최초의 우주 미아가 될 뻔했다.

후손이라는 걸 모르는데. 스라모트도 몰랐잖아.”

“…….”

대답이 궁해진 쎄라에게 은별이 다시 물었다.

“후손을 찾을 방법이 있긴 있었던 거야?”

“쿵! 아주 없었던 건 아니다. 두 행성이 가까워질 때 내가 전파를
보내면, 후손들은 투구가 없더라도 약간 영향을 받는다. 며칠 동안
머리가 엄청 지끈거린다.”

“그럼 주기적으로 두통이 생기는 사람들을 찾으면 되겠네?”

“쿵! 그렇다.”

하지만 노빈손이 곧바로 코웃음을 쳤다.

“말도 안 돼. 세상에 그런 사람이 한둘이야? 우리 집만 해도 둘씩
이나 돼. 아버지랑 나! 오죽하면 병원까지 가 봤겠어?”

“병원에서 쿵! 원인을 찾았나?”

왠지 쎄라의 목소리가 약간 떨리는 듯했다.

“공기 좋은 데로 이사 가라던데? 완전 돌팔이야. 우리 동네는 산
동네라 공기가 엄청 좋거든. 게다가 아버지가 펄쩍 뛰었어. 이사는
절대 못 간다고.”

“왜?”

은별이 물었다.

“우리가 동네 토박이거든요. 고구려 때부터 조상들이 살던 동네래
요. 엄만 안 믿는 눈치지만.”

“그럼 어떡해? 계속 두통이…….”

"괜찮아요. 벌써 몇 년째 증상이 없으니까."

"그래? 다행이네."

"그러니까 쟤가 엉터리라는 거죠. 누구나 가끔씩은 두통이 있잖아요. 기계가 그걸 알 턱이 없지."

노빈손이 스크린을 흘기며 이죽거렸다.

하지만 쎄라는 아무 말도 하지 않았다. 아버지와 아들에게 동시에 두통이 생기는 건 흔치 않다는 것도. 그리고 6년 전부터는 전파를 쏘지 않았다는 것도.

묵묵히 부리를 닫고 있는 쎄라에게 은별이 다시 물었다.

"아빠를 고쳐 드릴 방법이 있어, 없어? 화성 의학은 지구보다 훨씬……."

"쿵! 있긴 있다."

"정말? 그게 뭔데?"

은별이 벌떡 일어나며 외쳤다. 기대로 가득한 효녀 심청 같은 눈빛이었다.

"머리털이 몇 가닥 없는 사람에게 쿵! 간호를 맡기면 된다. 그럼 나으실 거다."

윽! 저걸 그냥……. 발끈하는 노빈손.

"농담하지 마, 쎄라. 난 심각하단 말야."

"쿵! 농담 아니다."

"정말?"

반신반의하는 은별.

"쿵! 딱 한 번만 설명하겠다. 두발 결핍증은 머리 거죽이 뚱뚱해서
생기는 거다. 그건 쿵! 뇌에 열이 많다는 거고, 눈에서 원적외선이
팍팍 나간다는 거고, $E=mc^2$이므로 원적외선 에너지는 머리통이
클수록 강해지는데…… 대뇌 신경섬유 다발의 무게는 소뇌 둘레의
제곱근에 반비례하고……, $x=2\pi r$이고 $y=\frac{3}{4}\pi r^2$이니까 환자와 간
호인의 뇌 사이에 방해 물질이 없어야 하고……."

으으! 어지러운 은별.

"……그래서 쿵! 머리털이 5개 이하인 사람이라야 효과가 있는
거다."

알쏭달쏭! 은별이 간절한 눈빛으로 노빈손에게 구원을 요청했다.

"어떡하지, 빈손? 무슨 말인지는 하나도 모르겠지만 아무튼 네가 아빠를 간호해 줘야겠어. 내 주위에 머리카락 없는 사람은 너 하나밖에……."

"참고로 쿵! 이발소에서 빡빡 밀고 오는 사람은 안 된다. 그건 무효다."

"그것 봐. 부탁해, 응?"

이거야 원! 노빈손이 마지못해 고개를 끄덕이며 말했다.

"알았어요. 하지만 쟤 얘기 때문은 아니에요. 어차피 회복될 때까지 돌봐 드릴 생각이었으니까."

"흑! 정말 고마워."

감동으로 흐느끼는 은별을 다독이며 노빈손이 아무래도 수상쩍다는 듯 스크린을 쳐다보았다. 하지만 쎄라는 천연덕스러운 얼굴로 부지런히 꽁지깃을 다듬을 뿐이었다.

쎄라는 알고 있었다. 붉은 종족의 강한 뇌파는 다른 사람의 틀어진 뇌파를 바로잡는 데도 효험이 있다는 것을. 그러므로 노빈손이 곁에 있기만 해도 고 박사의 증상은 한결 나아지리라는 것을.

남 도울 팔자를 타고난 녀석이로군. 그것만 봐도 제 조상을 쏙 빼닮았다니까.

1962년에 〈프렌드십 7호〉를 타고 지구를 3바퀴 돌았던 미국의 존 글렌은 미국 최초의 '진짜 우주인'으로 유명하다. 1961년에 앨런 셰퍼드가 〈프리덤 7호〉를 타고 우주 비행을 했다지만 그건 지구를 돈 게 아니라 포탄처럼 떨어지는 탄도비행이었기 때문 (그래도 미국은 첫 우주인이라고 박박 우겼다). 존 글렌은 무려 36년 뒤인 1998년에 77세의 나이로 우주왕복선 〈디스커버리 호〉에 오름으로써 역사상 가장 나이 많은 어르신 우주인이 되었다.

씨익! 쎄라의 입가에 옅은 미소가 떠올랐다.

다가오는 종말

쎄라가 낯선 우주 전함의 접근을 깨달은 건 그로부터 한참이 지나서였다. 피스는 이미 지구 대기권으로 들어섰고, 스라모트 함대 역시 지구를 코앞에 두고 있을 터였다.

뚜! 뚜! 뚜!

레이더에 잡힌 전함의 기세는 저돌적이었다. 운석이건 혜성이건 다가오는 건 죄다 정면으로 들이받아 버리겠다는 듯한 난폭한 비행! 그것의 정체를 알아차리는 데는 그리 오랜 시간이 필요하지 않았다.

파팟!

올림푸스 지하 기지의 스크린에 드러난 전함을 보며 쎄라가 나직이 중얼거렸다.

"드디어 왔구나!"

왠지 섬뜩해 보이는 거대한 잿빛 전함!

그건 다름 아닌 녹색 종족의 지휘선이었다.

"울라! 이 책이 기억나느냐?"

눈먼 노인이 개를 쓰다듬으며 말했다. 그의 손엔 낡고 손때 묻은 작은 책 한 권이 들려 있었다. 킁킁거리던 개가 반가이 꼬리를 치며 책갈피에 코를 파묻었다.

"기억하는구나. 내 아들이 유난히 재미있어하며 열 번도 넘게 읽었던 버로스의 소설이지."

살랑!

"버로스는 애리조나 인디언들 사이에 전설처럼 떠도는 얘기 한 토막을 어린 시절에 우연히 들었지. 그리고 훗날 그 얘길 소설의 아이디어로 삼았더니라. 바로 이 책, 『화성의 공주』에서."

살랑살랑!

"돌이켜 보면 그것도 정해진 일이었다. 천 년 전에 내 선조는 애리조나 주를 떠나 이곳 애팔래치아로 오면서 가족들을 모두 애리조나 주에 남겨 두었지. 그건 아마도 먼 훗날 이 소설을 세상에 건네주기 위함이 아니었을까? 3천 년 전의 점토판도, 100여 년 전의 이 소설도, 모두 마지막 한 순간을 위해 마련된 신의 안배였을 테니."

노인이 목걸이를 끌러 붉은 돌을 떼어 냈다. 그러고는 벽장에서 투구를 꺼내 돌을 꽂은 다음 밖으로 들고 나갔다. 천 년을 어둠 속에 묻혀 있었는데도 투구는 여전히 눈

최초의 우주 신랑, 말렌체코

2003년 9월, 러시아의 베테랑 우주인 유리 말렌체코가 국제우주정거장(ISS)에서 결혼식을 올림으로써 사상 첫 우주 결혼식의 주인공이 되었다. 신부 예카테리나 드디트리예프는 TV 화면을 통해 결혼 서약을 했고, 결혼 반지는 우주화물선 편에 보냈다. 러시아항공우주국은 신랑 신부가 모두 우주에서 치르는 우주 결혼식 신청을 받고 있는데, 비용이 4천만 달러나 되기 때문에 아직 신청 커플이 없다고 한다.

부신 은빛이었다.

마당에 미리 펼쳐 놓은 붉은 돗자리 위에서, 그는 다시 한 번 개를 쓰다듬었다.

"그 옛날 하늘에서 내려온 예언자에겐 개가 한 마리 있었지. 고향의 공주가 울면서 맡긴 그 개의 이름은 울라였느니라. 그리고 그 개의 후손들의 이름도 1만 8천 년 동안 변함없이 울라였지. 네 조상의 주인이었던 공주를 이제 너도 곧 만날 수 있을 게다."

살랑살랑!

그리움이 담긴 아련한 눈빛으로 울라가 노인의 손을 핥았다.

"그게 정말이오? 저 산꼭대기에 오두막이 있다는 게?"

허튼 박사가 다시 한 번 다짐하듯 물었다. 산 중턱에서 잠시 다리쉼을 하고 있던 등산객들에게 뜻밖의 말을 들은 것이다. 만년설을 이고 있는 저 높은 꼭대기에 오두막이 있을 줄이야!

"속고만 살았소?"

"정 의심스러우면 올라가 보든가."

등산객들이 퉁명스레 대꾸하며 엉덩이를 털고 일어섰다. 벌써 세 번째 같은 질문을 되풀이하는 상대에게 은근히 짜증이 솟는 모양이었다.

화성 여행에서 돌아온 사람들?

2009년 7월, 화성 여행을 마치고 돌아온 6명의 우주인을 환영하는 행사가 모스크바에서 열렸다. 그게 뭔 소리냐고? 진짜 화성이 아니라, 지구의 우주선 캡슐에서 진행된 '모의 여행'을 마쳤다는 얘기다. 그들은 105일 동안 탐사선과 똑같은 환경에서 우주식량을 먹고 우주복의 생명유지 장치를 사용하며 인체 적응 실험을 하고 기록했다. 2010년엔 실제 화성 탐사 기간과 똑같은 520일 동안의 모의 우주 비행이 시작될 예정이라고.

“거, 사람들! 불친절하기는.”

허튼 박사가 꿍얼거리며 다시 걸음을 옮기기 시작했다. 걸음도 빨랐지만 머리 돌아가는 속도가 훨씬 더 빠르고 날렵했다.

이제 보니 저기가 고민중의 은신처였던 게로군. 그렇지 않고서야 오두막 같은 게 있을 까닭이 없지. 껌 한 통만 사려 해도 하루 온종일 산을 오르내려야 하는데.

레옹 형제! 정말 대단하군. 이런 고급 정보를 알아내다니. 상을 단단히 줘야겠는걸.

호호호! 기다려라, 외계인들아. 이제 지구의 영웅이 탄생할 시간이 머지않았다. 이제 곧 지원군들도 도착할 테고.

흐뭇한 미소를 흘리며 허튼 박사가 휘적휘적 산길을 올라갔다. 이제 꼭대기까지는 겨우 10분 남짓한 거리였다.

저벅저벅!

울라가 귀를 쫑긋 세우고 코를 킁킁대기 시작했다.

쎄라의 마지막 임무

위잉—.

올림푸스 화산 밑바닥에서 시작된 작은 진동이 차츰 위쪽으로 퍼져 갔다.

기슭에서 중턱을 거쳐 꼭대기로 올라가는 그 진동을 온몸으로 느끼며, 쎄라는 마지막으로 피스의 스크린에 모습을 나타냈다. 잠자는 듯 누워 있는 하르모니아 곁에서 은별과 노빈손이 멍하니 별빛을 헤아리고 있었다.

"은별! 빈손!"

"어? 쎄라. 왜 그래?"

어딘지 슬픈 듯한 쎄라의 눈빛을 보며 은별이 의아한 듯 물었다. 노빈손 역시 낌새가 이상한 듯 갸웃거리며 말없이 스크린을 지켜보았다.

"그동안 고생 많았다. 잊지 않을 거다. 이젠 안녕이다."

"어머! 왜?"

우리나라는 세계 최초의 인공위성 〈스푸트니크 1호〉가 발사된 지 34년 만인 1991년에야 비로소 인공위성을 만들기 시작했다. 그때 만든 게 바로 무게 50킬로그램에 불과한 꼬마 위성 〈우리별 1호〉. 1992년에 프랑스 우주 기지에서 발사되어 1천300킬로미터 상공을 돌기 시작했지만 기술이나 부품은 모두 외국 것이었고, 그로 인해 한동안 '남의 별'이라는 조롱을 받기도 했다.

놀란 은별이 휘둥그레진 눈으로 물었다.

"이제 곧 내 마지막 임무가 시작되기 때문이다. 나는 그걸 마지막으로 작동이 끝나게 되어 있다."

"마지막 임무라니? 그게 뭔데?"

"몰라도 된다."

대화를 나누면서도 쎄라의 아바타는 자꾸만 한쪽으로 눈길을 돌렸다.

피스에서는 보이지 않는 올림푸스 지하 기지의 스크린! 녹색 종족의 지휘선이 화성 상공을 가로지르며 빠른 속도로 다가오고

있었다. 지하 통로를 찾지 못한 그들의 목적지는 결국 올림푸스 화산의 분화구가 될 것이었다.

"이봐! 왜 그래? 목소리가 떨리고 있잖아."

점점 강해지는 화산의 진동 때문이었지만 피스에선 그걸 알 수 없었다. 뭔가 좋지 않은 예감이 노빈손의 등줄기를 훑고 지나갔다. 은별 역시 마찬가지인 듯 얼굴빛이 파리했다.

"쎄라! 이제 보니 콧소리가 사라졌네? 어떻게 된 거야?"

"감기 다 나았다."

"어머, 정말?"

"은별! 고 박사님은 정말로 곧 괜찮아지신다. 내 볏을 걸고 맹세한다.”

홍! 남들이 들으면 영의정 벼슬이라도 되는 줄 알겠네. 가진 건 닭 벼슬뿐이면서……. 삐죽이는 노빈손에게 아주 뜻밖의 말이 들려왔다.

“노빈손! 넌 참 멋진 녀석이다. 알고나 있어라.”

“……?”

갑자기 웬 칭찬? 뻘쭘해진 노빈손을 향해 웃던 쎄라가 힐끗 옆을 보았다. 분화구 한복판에 거대한 그림자가 드리워졌고, 그곳 카메라와 연결된 화면엔 지휘선의 밑바닥이 보였다. 녹색 종족의 지휘선이 분화구 바로 위에 떠 있음을 의미했다.

지금이야!

쎄라가 날개를 펴며 지구의 친구들에게 마지막 인사를 건넸다.

“행복해라! 화성을 잊지 마라!”

파팟!

쎄라가 사라지는 것과 동시에 분화구에서 거대한 불기둥이 솟구쳤다.

콰콰콰콰쾅!

우주를 뒤흔드는 대폭발이었다. 10억 년 동안 쌓이고 쌓인 올림푸스 화산의 거대한 에너지가 한꺼번에 터져 나오고 있었다. 화성의 대기권을 뚫고 나간 그 어마어마한 에너지는 포보스와 데이모스의 공전 궤도마저 뒤흔들 만큼 강력한 것이었다.

발사체 개발을 시작하다

1993년의 〈우리별 2호〉 이후 대한민국의 위성 기술은 빠르게 발전했으며, 우리 기술로 만든 방송통신 위성 〈무궁화〉와 다목적 실용위성 〈아리랑〉 등이 잇달아 만들어졌다. 하지만 발사체(로켓)와 우주 기지가 없는 탓에 매번 외국 발사체에 실려 외국 기지에서 발사되어야 했다. 1990년대 후반부터는 발사체 개발에도 힘을 기울여 1998년엔 중형 로켓 〈KSR-2〉를, 2002년엔 첫 액체 연료 로켓인 〈KSR-3〉을 발사하는 데 성공했다.

모든 게 사라졌다.

지하 기지도, 쎄라도, 그리고 잿빛 우주 전함도.

마지막 순간, 쎄라는 조용히 미소 지으며 임무 완수를 자축했다. 우주의 악당들과 함께 우주 공간 속으로 사라지는 것! 바로 그게 쎄라의 마지막 임무였던 것이다.

하지만 아직 한 가지 일이 남았고, 그건 쎄라의 몫이 아니었다.

끝! 그리고 새로운 시작

빛은 1초에 30만 킬로미터를 간다.

불기둥이 솟구치던 그 순간에 화성에서 지구까지의 거리는 약 7천만 킬로미터. 빛의 속도로 4분 정도의 거리다.

버튼을 누르는 순간, 녹색 종족 지휘선의 함장은 굳게 믿었다. 겨우 4분 차이일 뿐이라고! 지금은 우리가 멸망하지만 4분 뒤엔 너희들 붉은 종족 역시 똑같은 운명을 맞을 거라고!

그 찰나의 순간에 그가 트콰르크, 아니 스라모트 1호를 향해 초강력 레이저 빔을 쏠 수 있었던 건 어쩌면 예감 덕분이었는지도 모른다. 분화구 위에서 아래를 내려다보는 순간 온몸을 휘감았던 서늘한 예감! 바로 지금이 제 종족 최후의 순간이라는…….

그리하여 그는 우주의 재가 되어 사라졌지만, 그가 쏜 레이저 빔은 지구를 향해 맹렬한 속도로 날아가고 있었다.

빛보다 느린 우주 전함에겐 그걸 피할 시간도, 능력도 없었다.

1호가 폭발하면 2호도 무사할 리 없다. 그건 스라모트 함대의 최후, 나아가 화성 붉은 종족 전체의 최후를 의미하는 것이었다.

"헉헉! 이제 거의 다 왔나 보다."

허튼 박사가 가쁜 숨을 몰아쉬며 죽을힘을 다해 가파른 능선을 올랐다. 이제 이 비탈만 지나면 작은 꼭대기 분지가 나오고, 그곳 오두막에서 고 박사와 화성인들이 세상의 눈을 피해 가며 음모를 꾸미고 있을 것이었다.

"그런데 이 작자들은 왜 여태 안 보여?"

비밀리에 내통하던 정보 기관과 펜타곤 동료들에게 헬기와 군인들을 보내라고 분명히 연락을 했는데도 이상하게 소식이 감감했다.

하긴, 그가 알 턱이 없었다. 말숙이가 고 단 박사에게 연락하여 허튼의 행적을 낱낱이 고자질했음을! 그리고 그것 노빈손의 계획에 미리 포함되어 있었던 것임을! 그래서 자기도 모르는 사이에 이미 나사 국장 자리에서 쫓겨난 뒤임을.

컹컹!

"어라? 웬 개소리? 화성인들이 군견까지 데려왔나?"

조심스레 비탈을 넘어서는 허튼 박사의 눈에 투구를 쓰고 꼿꼿이 앉아 있는 한 노인이 저만치 보였다. 그 옆에선 개 한 마리가 이빨을 드러낸 채 사납게 짖어 댔다.

이크! 허튼 박사가 바위 뒤에 납작 엎드려 가만히 동정을 살피려는 순간, 노인이 손을 한데 모으며 길게 기합을 토해 냈다.

"오오ㅡ옷!"

온 산맥을 쩌렁쩌렁 뒤흔드는 전율스러운 소리!

그와 동시에 스라모트 1호의 꽁무니까지 접근했던 레이저 빔이 별

안간 거짓말처럼 방향을 바꾸었다.

슈우우웃!

지중해 쪽을 향하던 그 광선이 머리를 틀어 날아간 곳은 대서양 건너편 아메리카 대륙의 긴 산맥, 애팔래치아였다.

버—언—쩍!

눈부신 섬광이 어두운 산꼭대기를 환하게 비추었고, 뒤이어 폭음이 들려왔다.

눈먼 노인의 예언이 옳았다.

그것이 끝이었다.

잠시 후. 사하라 사막의 어두운 골짜기에 작은 사람들이 빽빽하게 모여 있었다.

작은 점이 되어 사라져 가는 두 대의 전함을 향해 손을 흔든 다음, 그들은 새로 만난 사람들과 인사를 나누었다.

은별과 노빈손!

아득한 우주 공간을 넘어 자기들을 도우러 왔던 지구의 이웃들이었다.

깃발에 싸인 스라모트의 시신 앞에서 은별은 슬피 울었다.

깃발에 싸인 하르모니아의 시신 앞에서 붉은 종족들 또한 목 놓아 울었다.

스페이스 클럽 회원이 된 대한민국

〈KSLV-1〉이 예정대로 발사에 성공했다면 대한민국은 세계에서 10번째로 '스페이스 클럽'에 당당히 이름을 올리게 됐을 것이다. 이는 위성을 스스로의 힘으로 궤도에 올리는 10번째 나라가 된다는 뜻이며, 우주 강국으로 올라서는 튼튼한 디딤돌을 놓게 된 것을 의미한다. 우리나라는 2015년엔 대형 위성을 실을 수 있는 〈KSLV-2〉를 발사할 계획이다.

하지만 두 사람이 제 몫의 삶을 살고 떠났듯, 남은 사람들에게도 각자의 몫이 있었다. 이제 그들은 낯설고 먼 지구에서 지구인으로 새롭게 살아가야 하는 것이다.

지구인들과 화성인들이 한데 모여 미래를 이야기하는 모습은 새벽빛 속에서 아름다웠다.

눈먼 노인의 예언대로였다.

새로운 시작이었다.

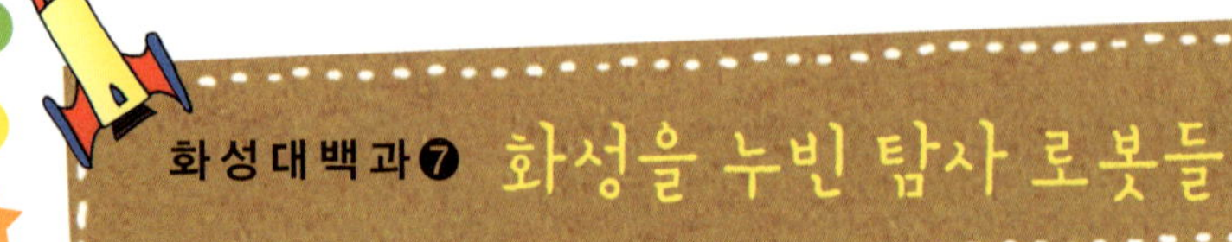

　탐사 로봇들은 인간의 발길이 아직 닿지 않은 붉은 행성을 누비고 다니며 다양한 정보들을 지구로 보냈다. 덕분에 인류는 예전엔 몰랐던 화성의 여러 가지 모습과 특징들을 한층 자세히 알아낼 수 있었다.

　우주로 간 최초의 로봇은 옛 소련의 달 착륙선 〈루나 17호〉(1970)에 실려 있던 〈루노호트 1호〉. 무게가 750킬로그램이나 되는 그 거대한 차량은 지구 관제팀에 의해 원격 조정되었다. 스스로 움직이는 진정한 의미의 첫 우주 로봇은 1997년에 화성에 도착한 꼬마 로봇 〈소저너〉였다.

　이후 화성엔 세 대의 로봇이 더 착륙했다. 2003년에 발사된 쌍둥이 탐사 로봇 〈스피릿〉과 〈오퍼튜니티〉는 〈소저너〉와 마찬가지로 바퀴를 이용해 움직이는 ‘로버’였다. 그리고 2007년에 발사된 〈피닉스〉는 제자리에서 로봇 팔로 여러 가지 임무를 수행하는 ‘랜더’였다.

화성 최초의 탐사 로봇 소저너

　〈소저너〉는 1996년 12월에 지구를 출발하여 이듬해 미국 독립기념일에 화성 아레스 계곡에 내려앉은 〈마스 패스파인더〉에 실려 있었다. 길이 63센티미터, 높이 28센티미터, 무게 10킬로그램인 이 로봇의 이름은 흑인 여성 인권 운동가였던 소저너 트루스의 이름을 딴 것.

　6개의 바퀴가 달린 〈소저너〉는 태양열을 이용해 움직였으며 대기 관측 및 토양 분석 장치를 갖추고 있었다. 지구로부터 지시를 받는 사이사이(지구—화성 간 통신은 거리에 따라 6~40분 걸린다) 스스로 장애물을 피해 움직일 수도 있었다. 이동 속도는 초속 1센티미터였다.

　〈소저너〉는 반경 10미터 안에서 며칠 동안 2개의 바위 성분을 분석했다. 그러다가 7일째 되는 날 커다란 바위에 한쪽 바퀴가 끼는 바람에 더 이상 움직일 수 없게 되었다. 지구인들은 그 얄미운 바위에 '요기' 라는 만화 주인공 이름을 붙여 주었다.

　〈소저너〉는 사흘 만에 바위에서 벗어나 다시 이동을 시작했다. 하지만 두 달 뒤 지구와 〈마스 패스파인더〉의 통신이 끊기면서 〈소저너〉의 활약도 끝났다. 이 꼬마 로봇의 가장 큰 공로는 바위에서 유황 성분을 발견함으로써 화성에 생물체가 존재할 가능성을 한껏 높인 것이었다.

쌍둥이 탐사 로봇 스피릿과 오퍼튜니티

〈스피릿〉과 〈오퍼튜니티〉는 2004년 1월에 3주 간격으로 화성에 착륙했다. 〈스피릿〉이 착륙한 구세프 화구와 〈오퍼튜니티〉가 착륙한 메리디아니 평원은 모두 화성 적도 부근이지만 위치는 완전히 정반대였다. 서로 최대한 멀리 떨어진 곳에 내려앉았다는 얘기다.

이 쌍둥이들 역시 태양열을 이용해 6개의 바퀴로 움직이지만 덩치는 〈소저너〉보다 훨씬 크다. 높이 1.5미터, 길이 1.6미터, 너비 2.3미터이며 무게는 173킬로그램. 다양한 관측 장치들을 갖추고 있고, 하루 100

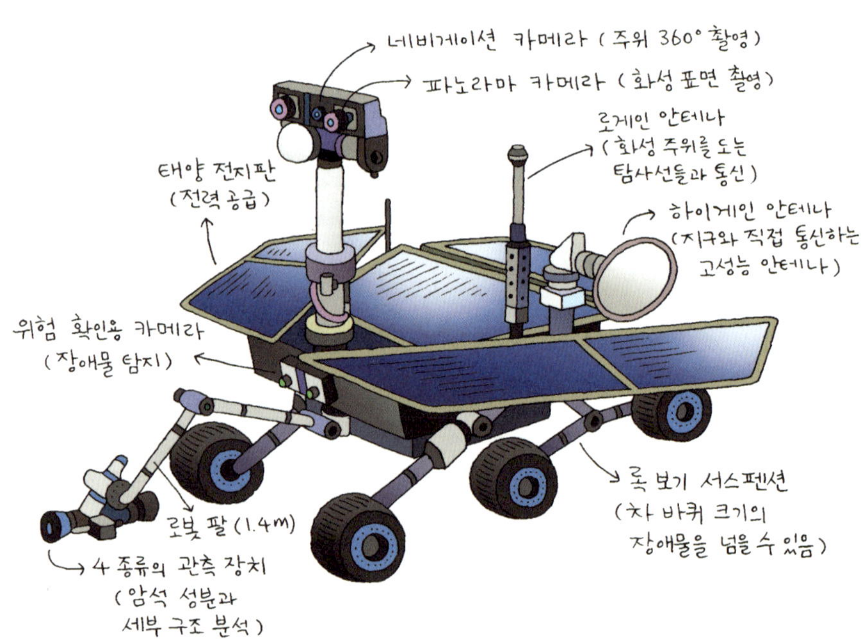

스피릿과 오퍼튜니티

미터 이상 이동할 수 있으며, 고장이 나면 스스로 재부팅하는 능력까지 지닌 영리한 로봇들이다.

쌍둥이들은 많은 양의 물이 흘러야만 형성될 수 있는 퇴적암과 지층을 잇달아 발견했다. 게다가 바다 밑에서 생겨난 걸로 추측되는 적철석 알갱이까지 찾아내 지구인들을 흥분시켰다. 지름 3밀리미터 정도인 그 동글동글한 알갱이들에는 '블루베리'라는 별명이 붙었다.

쌍둥이들의 예상 수명은 3개월 정도였다. 하지만 놀랍게도 5년이 지난 지금까지 계속 움직이고 있을 뿐 아니라 점점 더 똑똑해지고 있다. 2007년에 지구에서 보낸 소프트웨어에 의해 기능이 업데이트되었기 때문. 2008년 8월엔 〈오퍼튜니티〉가 지름 800미터인 빅토리아 분화구에서 1년 만에 탈출에 성공하여 지구인들의 박수갈채를 받았다. 이 로봇들은 지금도 하루에 두 번 지구로부터 지시사항을 전달받으며 열심히 화성 곳곳을 누비고 있다.

화성 북극에 내려앉은 피닉스

적도 주위에 착륙했던 쌍둥이들과 달리 〈피닉스〉는 화성 북극의 '그린 밸리'에 내려앉았다. 자외선이 강렬하게 내리쬐는 적도보다는 극지의 습한 땅에 생명체가 존재할 가능성이 더 높았기 때문. 무게는 350킬로그램으로 쌍둥이 로봇들보다 2배나 육중했고, 최첨단 관측 장비들도 훨씬 많이 갖추고 있었다.

〈피닉스〉엔 아주 색다른 사연이 있다. 1999년에 〈마스 폴라 랜더〉가

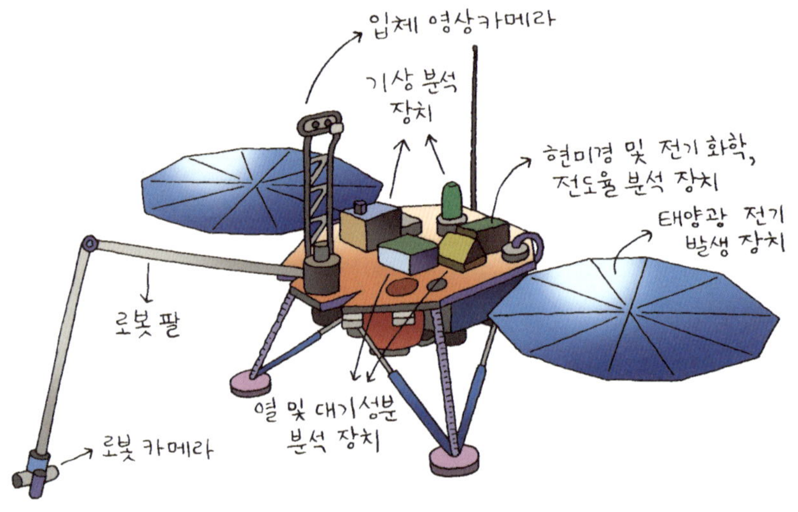

피닉스

화성 북극 착륙에 실패하자 나사는 다음 발사 계획을 모두 취소했고, 제작 중이던 착륙선도 창고로 보내 버렸다. 7년 뒤에야 다시 꺼내 재활용한 그 우주선이 바로 〈피닉스〉였던 것. '불사조'를 뜻하는 피닉스라는 이름은 그래서 붙었다.

착륙 두 달 뒤인 2008년 7월, 〈피닉스〉는 로봇 팔로 북극의 맨땅을 5센티미터가량 판 다음 긁어 들인 물질을 분석하여 그게 물 얼음임을 최초로 밝혀 냈다. 이로써 생명체의 존재 가능성은 더욱 높아졌고, 지구인들은 또다시 흥분했다.

〈피닉스〉는 약 6개월 동안 임무를 수행하며 2만 5천여 장의 선명한 사진들을 지구로 보냈다. 거기엔 화성에 눈이 내린 흔적, 화성의 회오리바람 등 아주 흥미로운 장면들이 많이 포함되어 있었다.

미래의 탐사 로봇들은 어떤 모습일까?

미래에 행성들을 누빌 탐사 로봇들은 지금까지와는 전혀 다를 것으로 예상된다. 지금 연구 중인 로봇들 중 제일 흥미로운 건 공 모양의 로봇들. 스스로 통통 뛰어다닐 수 있는 테니스 공 크기의 초소형 로봇 수천 개를 행성 표면에 쏟아 놓으면 예전의 탐사 로봇들이 갈 수 없었던 좁은 협곡, 바위 틈새, 동굴 등을 자유자재로 탐사할 수 있다.

그 밖에도 다리가 3개 달려 안정적인 이동이 가능한 로봇, 얼음층을 뚫고 들어갈 수 있는 잠수정 로봇, 곤충처럼 날개를 파닥거리며 날아다닐 수 있는 비행 로봇 등이 대표적인 미래형 탐사 로봇으로 꼽힌다.

에필로그

_l_

  얼마 후, 히말라야의 깊은 골짜기에 몇 개의 마을이 새로 생겨났다. 그리고 아주 작은 사람들이 산을 오르내리며 살기 시작했다.

  관광객은 물론이고 산악인들조차 찾지 않는 험한 골짜기! 고향의 흔적이라곤 바위 동굴 속에 숨겨 둔 피스뿐이었지만, 그들은 그곳을 새로운 고향이라 여기고 조금씩 정을 붙여 갔다. 골짜기 뒤편 봉우리의 암벽엔 두 개의 달을 품은 고향이 깊이 새겨졌다.

  마을 하나하나엔 제각기 다른 이름이 붙었다. 올림푸스 마을, 사이도니아 마을, 마리네리스 마을……. 그중엔 빈손 마을과 은별 마을, 스라모트 마을, 쎄라 마을도 있었다. 또 돼지코 마을도 있었다. 말숙이에겐 다들 쉬쉬했지만.

  10여 개의 마을 전체를 통틀어 부르는 이름은 '호빗촌'이었다. 1만 8천 년 전의 호빗족과는 달리 21세기의 호빗촌엔 더 이상 불행이나 재앙 따윈 없었다.

고샅길들이 만나는 작은 광장엔 예쁜 무덤 하나가 봉긋 솟아 있었다. 비석에 적힌 문자는 두 종류였다. 하나는 낯익은 한글, 또 하나는 처음 보는 낯선 문자.

하지만 내용은 둘 다 같은 것이었다.

화성 공주 하르모니아 지구에서 영원히 잠들다!

작은 무덤엔 매일 한 송이씩 에델바이스가 바쳐졌다.

2

고 박사의 정신은 조금씩 맑아졌다. 은별의 눈물겨운 노력과 말숙이의 듬직한 뒷받침이 있었지만, 무엇보다 중요한 건 노빈손의 24시간 밀착 간호였다. 그럴 바엔 아예 짐 싸서 나가라는 엄마의 호통에도 불구하고 노빈손은 절대 박사 곁을 떠나지 않았다.

"그러다 정말 쫓겨나는 거 아냐?"

은별이 걱정스레 물을 때마다 노빈손은 씩 웃으며 이렇게 말하곤 했다.

"어차피 집에 붙어 있었던 적도 없었는걸요, 뭐."

은별은 가끔 이렇게도 물었다.

"이젠 머리 안 아파?"

그때마다 노빈손은 낯을 찡그리며 처량하게 대답했다.

"말숙이가 괴롭히지만 않으면요."

건강을 되찾은 고 박사는 작은 사람들에게 온갖 도움을 아끼지 않았고, 얼마 뒤엔 명예 촌장으로 추대되었다. 그는 나사로 돌아가 연구에 몰두했지만, 나사의 팀장 지위보다도 호빗촌 촌장 자리를 더욱 기쁘고 명예롭게 여겼다.

틈틈이 그가 히말라야를 찾을 때면 작은 사람들은 너나없이 걸음을 멈추고 거수경례를 붙였다. 그건 지구인에게 그들이 보여줄 수 있는 최고의 사랑이자 존경심이었다.

3

서울 한복판에 독특한 외국인 쌍둥이가 등장한 건 그 무렵이었다.

피아노처럼 흑백이 선명한 이 쌍둥이들이 걸레를 들고 청계천 소라탑을 열심히 닦기 시작했을 때, 사람들은 무슨 코미디 영화 촬영이라도 하는 줄 알았다. 하지만 아무리 주위를 둘러봐도 카메라는 전혀 발견되지 않았다.

아니, 카메라가 있긴 많이 있었다. 비록 영화감독의 카메라가 아니라 신기하다며 그들을 찍어 대는 사람들의 카메라폰이긴 했지만.

며칠이 지나자 그들을 수상쩍게 여긴 경찰들이 직접 조사를 나왔다. 허튼 박사를 두 번이나 잡아갔던 그 경찰관들이었다. 경찰서로

간 쌍둥이는 형사가 묻는 말에 빠짐없이 대답했지만 알아들을 수 있
는 얘긴 한마디도 없었다.

"이름은?"

"레옹 브라더스!"

"어디에서 왔지?"

"나사!"

어럽쇼! 이 사람들도 같은 공장 직원이잖아? 형사가 갸웃하며 물
었다.

"당신들도 소라탑을 부수러 왔나? 나사처럼 생겨서?"

"닦고 조이고 기름 치러 왔다. 언제 우주선이 이륙할지 모르니까."

"누가 그래?"

"안드로메다의 노빈손! 그리고 우주 괴수 마르슉!"

이거야 원! 그 공장 사람들은 하나같이 정상이 아니로군. 형사가
고개를 절레절레 흔들었다.

하지만 이번엔 그들을 쫓아 보내지 않고 그냥 내버려 두기로 했
다. 공공기물이 깨끗해져서 나쁠 건 없으니까. 덕분에 소라탑은 도
심의 매연과 먼지에도 불구하고 하루 종일 반짝거렸다.

4

애팔래치아 산맥 부근에 언젠가부터 정신이 살짝 이상한 광인 한

명이 나타났다.

덥수룩한 턱수염을 북북 긁으며 종일토록 산기슭을 어슬렁거리는 그를 사람들은 한편으론 가여워하고 또 한편으론 귀찮아했다. 가여운 건 행색 때문이고 귀찮은 건 허튼 소리 때문이었다.

그는 실실 웃으며 이렇게 말하곤 했다.

"헤헤, 제가 사실은 화성인이걸랑요."

가끔은 인상을 잔뜩 찡그리며 동네 아이들을 겁주기도 했다.

"난 화성인이다! 덤벼! 덤비라고! 지구의 오랑캐들아."

그런가 하면 어떨 때는 또 정반대의 말을 쏟아 내서 아이들의 놀림감이 되었다.

"난 지구 방위대 대장이다! 나랑 같이 외계인 잡으러 갈 사람 여기 붙어라!"

하지만 가장 괴이하게 보일 때는 눈 덮인 산꼭대기에서 지는 해를 바라보며 시를 읊을 때였다. 얼마 전에 벼락을 맞아 폐허가 되었다는 그곳에서 그는 하루 종일 정체불명의 시를 줄줄 외워 댔다. 등산객들을 통해 알음알음으로 전해진 그 시의 내용은 이런 것이었다.

우리는 붉은 별 붉은 종족의 후손들.

우리의 조상들은 1만 5천 년 전에 초록별로 왔다네.

먼 옛날 두 별이 사랑에 빠졌을 때부터 시작된 오랜 인연에 따라…….

그의 이상한 행동은 가끔 밤하늘의 붉은 별이 크게 보일 때면 더

욱 심해지곤 했지만 이유를 아는 사람은 아무도 없었다.

5

"그게 뭐야? 손에 쥐고 있는 게?"

말숙이가 물었다.

"응, 이거?"

노빈손이 빙긋 웃으며 손바닥을 펴서 내밀었다. 현무암처럼 구멍이 듬성듬성 뚫린 작은 돌멩이였다. 하지만 검은색을 띤 여느 현무암과 달리 돌멩이 전체에 붉은빛이 감돌고 있었다.

"그날 화성 북극에서 슬쩍 집어 온 거야."

"왜?"

"엄마 드리려고. 우리 엄마가 무좀이 엄청 심하거든."

"얘 좀 봐. 돌멩이가 무슨 무좀약이라도 된다든?"

그러자 노빈손이 모르는 소리 말라는 듯 정색을 하며 말했다.

"외계 행성의 돌멩이가 만병통치약인 거 몰라? 특히 피부병엔 특효라고."

"누가 그래?"

"책에서 봤지."

그 한마디에 말숙이는 곧바로 꼬리를 내렸다. 10년에 한 권쯤 책을 읽고 그나마도 그림만 보는 말숙이로서는 책에서 봤다는 말에 감히 시비를 걸 수가 없었기 때문이다.

하지만 노빈손은 말하지 않았다. 그 책이 『아토피 사나이 외계에 가다!』라는 만화책이라는 걸.

노빈손의 엄마는 아들이 선물한 돌멩이를 발바닥 각질 긁는 데 아주 요긴하게 사용했다.

6

"웬 강아지예요?"

모처럼 집에 돌아온 노빈손이 휘둥그레진 눈으로 물었다. 강아지 한 마리가 거실에서 몸을 웅크린 채 자기를 쳐다보고 있었던 것이다. 머루처럼 까맣고 동그란 눈동자였다.

"누가 줬어. 자기네 개가 새끼를 낳았다면서."

"와, 예쁘다."

강아지가 꼬물거리며 노빈손의 손을 핥았다. 개를 썩 좋아하지 않는 노빈손이지만 녀석에게만큼은 왠지 친근함이 느껴졌다. 녀석도 그걸 알아차린 듯 꼬리를 치며 귀엽게 낑낑거렸다.

"엄마, 얘 나 주면 안 돼요?"

"웬일이냐? 걸핏하면 개한테 물려서 울고불고하던 녀석이."

"그냥 그러고 싶네요. 히힛."

"너, 혹시 식용으로 착각하는 거 아니지?"

“엄마도 참. 내가 뭐 말숙인가요?”

노빈손은 강아지 이름을 두고 2박 3일을 고민했다. 해피? 너무 흔해. 메리? 그것도 흔해. 쫑? 너무 고리타분해. 도꾸? 일본말이잖아. 뭉치? 괜히 사고뭉치 될라. 나비? 그건 고양이고. 찌루? TV에 나왔던 시추 이름이잖아.

아! 정말 어렵다, 어려워.

그러다가 문득 환청처럼 어떤 이름 하나가 머리에 떠올랐다. 어느 나라 말인지도 모르고 뜻도 모르지만 왠지 친숙한 이름! 그건 ‘울라’였다.

“결정했어! 이제부터 넌 울라야.”

울라는 이내 노빈손의 충견이 되었고, 동시에 둘도 없는 친구가 되었다.

한동안 말숙이의 접근을 막던 노빈손은 절대 군침 흘리지 말라고 단단히 당부한 뒤에야 울라를 만지는 걸 허락했다. 하지만 말숙이가 강아지용 비스킷에 눈독을 들인다는 건 미처 알지 못했다.

7

“앗! 쎄라가?”

흠칫 놀라며 걸음을 멈춘 노빈손이 이내 싱겁게 웃었다. 쎄라가 아니라 닭이었군! 동네에 새로 생긴 음식점 간판에서 쎄라와 비슷

하게 생긴 빨간 닭이 윙크를 보내고 있었던 것이다.

—우주에서 제일 매운 불닭!

—입에서 화산이 펑펑 터집니다.

광고 문구마저 어쩌면 저렇게…….

쓰게 웃으며 돌아섰지만 집에 돌아온 뒤에도 왠지 그 그림이 머리에서 떠나질 않았다. 마지막 인사를 건네던 쎄라의 모습도 자꾸만 눈앞에 어른거렸다. 좀 까칠하긴 했지만 좋은 녀석이었는데. 비록 인간이 아닌 컴퓨터긴 했지만…….

그때부터 노빈손은 가끔씩 불닭집 앞에 가서 우두커니 간판을 들여다보는 버릇이 생겼다. 지난 시간들을 생각하며 혼자 바보처럼 씩 웃거나 훌쩍거릴 때도 있었다.

하루는 주인아주머니가 노빈손을 부르더니 딱하다는 듯 손을 부여잡으며 말했다.

"내가 한 마리 싸 줄 테니까 가져가서 먹어. 얼마나 먹고 싶었으면 시도 때도 없이 찾아와서 그러누?"

"네? 그게 아닌데……."

"괜찮아. 내가 우리 아들 생각이 나서 그래."

황급히 손을 놓고 도망치긴 했지만 노빈손의 간판 구경은 그 뒤로도 한동안 계속되었다. 은별을 데려다가 간판을 직접 보여준 적도 있었다. 아주머니는 누나까지 데리고 왔다며 또 훌쩍거렸지만 그런 건 아무래도 상관없었다.

시간이 흐르면서 그곳을 찾는 횟수는 조금씩 줄어들었다. 하지만 쎄라에 대한 기억마저 줄어든 건 아니었고, 노빈손은 그 뒤로도 한동안 닭 요리는 절대 먹지 않았다.

8

"뭐하고 있었어요?"

노빈손이 은별에게 물었다. 한동안 한국에 머무르던 은별은 이제 곧 아빠가 있는 미국으로 떠날 예정이었다. 거기에서 학생들을 가르치며, 그리고 스라모트와의 추억을 되새기며 살아가겠지.

"그냥…… 유리창에 낙서하고 있었어."

서리가 하얗게 낀 유리창은 이런저런 그림과 글씨들로 가득했다. 한동안 그걸 들여다보던 은별이 갑자기 낙서들을 모두 지우더니 이름 하나를 큰 글씨로 적어 넣었다.

SRAMOT (스라모트)

노빈손의 코끝이 찡해지며 목이 시큰시큰 아파 왔다. 하긴, 어떻게 잊을 수가 있겠어. 그렇게 떠난 사람을. 나도 여전히 그리운데…….

"이젠 더 열심히 살아야겠지? 스라모트가 하늘나라에서 보고 있을 테니."

"그럼요. 은별 누난 씩씩하게 잘살 거예요."

노빈손이 은별의 손을 따뜻하게 잡아 주었다.

잠시 후.

현관을 나선 노빈손이 문득 뒤를 돌아보았다. 은별이 창가에서 손을 흔들고 있었다. 마주 손을 흔드는 노빈손의 눈에 그 글씨가 선명하게 보였다.

조금 전에 은별이 써 놓은 이름!

밖에서 보는 글씨는 순서가 반대였고, 그 순간 노빈손은 아주 중

요한 사실 하나를 깨달았다. 스라모트의 이름 속엔 그의 삶과 죽음
이 운명처럼 깃들어 있었다는 것을.

창밖에서 본 글씨는 이런 것이었다.

To MARS(화성으로!)

노빈손의 눈앞이 유리창처럼 뿌옇게 흐려졌다.

9

모두들 제자리를 찾아 돌아갔고, 지구는 계속 평화로웠다.

언제 화성에서 살 수 있을까?

화성에 대한 인류의 관심은 크게 두 가지로 집중된다. 첫째는 화성에 과연 생명체가 존재하느냐는 것, 둘째는 인간은 언제쯤 화성에서 살 수 있느냐는 것이다. 두 번째 질문은 "어떻게 하면 화성을 지구인이 살 수 있는 환경으로 바꿀 수 있을까?"라고 바꿔 표현할 수도 있다.

아득한 옛날 화성에 미생물이 존재했었다는 건 남극에서 발견된 화성운석 〈ALH84001〉을 통해 이미 밝혀진 바 있다. 하지만 문제는 수십억 년 전이 아닌 '지금'이다. 만일 미생물이나 작은 원시 벌레 수준의 생명체라도 발견된다면, 그건 인류 역사상 최고의 과학적 발견이 될 게 틀림없다.

가능성은 충분하다. 지금까지 탐사 우주선들이 보내온 다양한 자료들이 그걸 말해 준다. 화성 생명체의 존재를 예측케 하는 두 개의 열쇠는 다름 아닌 '물(얼음)'과 '메탄'이다.

화성의 메탄은 생명체의 증거일까?

2003년, 유럽우주국(ESA)에서 발사한 화성 탐사선 〈마스 익스프레스〉가 아주 흥미로운 사실들을 알아냈다. 화성 상공 10~15킬로미터 위에 수증기와 메탄이 엷게 퍼져 있음을 발견한 것. 그런데 수증기 농도가 높은 지역과 메탄 농도가 높은 지역이 거의 일치했다고 한다.

수증기 농도가 높은 지역은 나사의 탐사선 〈마스 오디세이〉가 화성 땅 밑에서 얼음층을 탐지해 낸 지역과 일치했다. 즉, 땅 밑에 얼음이 많은 지역일수록 상공에 퍼진 수증기와 메탄의 농도도 높았다.

같은 시기에 지구의 과학자들이 봄부터 여름 사이에 화성 북반구에서 많은 양의 메탄이 솟구쳐 오르는 걸 발견했다. 지구에서 메탄은 대개 화산 활동에 의해 만들어지지만 화성은 다르다. 화산에서 나오는 다른 종류의 가스들이 전혀 발견되지 않았기 때문. 그건 결국 화성 어딘가에서 뭔가에 의해 메탄이 계속 만들어지고 있다는 얘기가 된다.

그렇다면 그 주인공은? 과학자들은 화성 표면이나 지하에 미생물들이 살고 있을 가능성에 주목한다. 그 모델이 되는 건 다름 아닌 '금광벌레'다.

지구의 지하 수천 미터 금광에서 서식하는 금광벌레는 빛이 전혀 없는 곳에서 주위의 수소 분자를 에너지원으로 삼아 이산화탄소를 메탄으로 바꾼다. 비슷한 종류의 미생물이 화성에도 있지 않겠느냐는 것. 그들이 땅 밑 얼음에서 수소를 흡입하며 메탄을 만들어 낸다면, 얼음이 많이 묻힌 지역일수록 상공에 메탄이 많은 이유가 뚜렷하게 설명이 된다는 것이다.

2030년엔 지구인이 화성에 간다!

화성에 금광벌레와 비슷한 미생물이 있으리라는 건 아직까지는 추측일 뿐이다. 탐사 로봇이 화성 땅 밑을 직접 조사해서 흙과 얼음 샘플을 갖고 지구로 되돌아오거나, 인간이 직접 가서 자세히 조사하기 전엔 누구도 딱 잘라서 얘기할 수 없다.

그건 아주 먼 미래의 얘기 아니냐고? 그렇지 않다. 유럽우주국에선 2011년에 첨단 실험 장비들을 갖춘 '화성 생명체 탐사선'을 보낼 예정이다. 나사에서도 장기간의 관측과 실험이 가능한 탐사 로봇 〈마스 사이언스 래버러토리〉를 2010년을 전후하여 발사할 계획을 갖고 있다. '화성 과학 연구실'이라는 뜻의 그 로봇은 이를테면 움직이는 실험실인 셈이다.

우주선이 화성의 흙과 얼음을 싣고 지구로 되돌아오는 것도 2014년쯤에 가능해질 전망이다. 미국과 유럽이 공동으로 추진하고 있는 이 계획이 성사되면 인류의 화성 탐사는 조사 단계를 넘어 샘플 회수 시대로 들어서게 된다.

그리고 2030년경엔 드디어 대망의 인간 착륙 시대가 열린다. 나사와 유럽 모두 사람을 태운 유인 우주선을 화성으로 보낼 계획을 갖고 있기 때문이다. 그때쯤이면 대한민국도 지금보다 훨씬 발달한 우주 강국이 되어 있을 것이다. 어쩌면 인류 최초로 화성 땅을 딛는 사람이 여러분들 중에서 나올지도 모른다.

화성을 지구처럼! - 테라포밍

몇몇 우주인들이 우주복을 입고 화성에 착륙해서 땅 위를 거니는 건 머지않아 이루어질 것이다. 하지만 인간의 상상력은 끝이 없는 법. 이제 인류의 관심은 화성의 환경을 지구와 비슷하게 바꾸는 '테라포밍(지구화)'으로 쏠리고 있다.

화성의 지구화를 위해서는 두 가지가 필요하다.

첫째는 춥디 추운 화성을 따뜻하게 바꾸는 것.
둘째는 화성에 산소를 포함한 두터운 대기권을 만드는 것.

대체 그게 어떻게 가능할까?
화성을 따뜻하게 만드는 아이디어들 중 대표적인 건 화성 남극 상공에 거대한 볼록렌즈나 몇 킬로미터 길이의 태양열 반사판을 우주정거장처럼 띄워 놓는 것이다. 그러면 태양열을 모아 이산화탄소 얼음을 녹일 수 있고, 그 기체들이 허공에 퍼지면서 온실가스 역할을 해서 화성의 온도가 서서히 높아질 것이다.

　지구의 미생물과 식물들을 화성에 옮겨 놓는 것도 하나의 방법으로 꼽힌다. 지구엔 산소나 빛이 거의 없는 곳에서 엄청난 고온과 저온을 견딜 수 있는 미생물들이 있고, 혹독한 추위를 견디는 이끼류의 식물들도 있다.

　그것들을 화성 표면에 풀어놓으면 광합성을 통해 산소를 꾸준히 만들어 낼 것이다. 짙은 색깔의 식물은 태양빛을 더 많이 흡수할 것이므로 산소도 만들고 온도도 높이는 일석이조의 효과를 낼 수 있을 것이다.

공기가 두터워지면 당연히 공기의 무게, 즉 기압이 높아진다. 지금 말한 방법들이 수백 년 동안 꾸준히 이어진다면 화성은 차츰 온도와 기압이 변하고 산소가 늘어나면서 지구인이 살 수 있는 환경으로 바뀌게 된다. 바로 이게 황당하면서도 그럴듯한 테라포밍의 방법이다.

오늘의 상상은 미래의 현실!

테라포밍은 원래 몇몇 SF 작가들에 의해 순전히 상상으로만 제시되었다. 하지만 인간의 상상력이 끝이 없듯 과학의 발전 역시 끝이 없는 법! 인류의 무한한 상상력은 늘 과학을 몇 걸음 앞질러 갔고, 과학은 그걸 하나둘씩 현실로 바꾸어 왔다.

화성의 지구화 역시 마찬가지다. 비록 지금은 만화처럼 황당무계하고 비현실적인 얘기 같지만, 먼 훗날 우리의 후손들은 화성을 진정한 '제2의 지구'로 바꾸어 놓을 것이다. 그리고 더 멀고 아득한 우주로의 새로운 여행을 꿈꿀 것이다.

지금 우리가 미래를 위해 할 수 있는 건 오직 하나! 마음껏 꿈꾸고 상상하는 것이 아닐까?